W I N G S ・ N O V E L

声を聞かせて②
魔法使いラルフの決意

河上 朔
Saku KAWAKAMI

JN035535

新書館ウィングス文庫

S H I N S H O K A N

声を聞かせて②　魔法使いラルフの決意

目次

白銀（しろがね）
バクと呼ばれる存在。
エトに願われ、サリとラルフの
力を入れ替えた。
エト
精霊使いの少女。
白銀というバクを
呼び出した。
リュウ
精霊使い部気象課に
所属する公安精霊使い。
サリの数少ない友人。
カルガノ
ランカトル王国公安局総局長。
王都でのサリの後見人。
デューカ
ランカトル王国・現国王の王弟。魔物、
精霊などの蒐集癖（しゅうしゅうへき）がある。

ラルフ・アシュリー
公安局魔法使い部公安課に
所属する公安魔法使い。
サリと力を入れ替えられてしまう。
サリ・ノーラム
ランカトル王国公安局精霊使い部
公安課に所属する公安精霊使い。
ラルフと力を入れ替えられてしまう。
声を聞かせて
CHARACTERS

イラストレーション◆ハルカゼ

―精霊使いサリの喪失―

　サリが育ての親であるオルシュと住んでいた山は王国ランカトルの北東、隣国との境にある深い山々の連なりの内にあった。

　王都ザイルを出発し、いくつかの街を経て山へ入る支度を整えた後、最後に寄った街で馬を預けるとそこからはひたすら徒歩で山中に分け入っていく。

　真夏を前に木々は枝葉を大きく広げ、日に照らされた緑の匂いが色濃い。山を下りてくる風が、土や水の匂いも運んでくる。

　この二年、都会を渡り歩き仕事をしてきたサリにはひどく懐かしく慕わしい香りだったが、まるで初めて来る場所のようにも思えてしまうのは、山が静かすぎるせいだ。

　街に居る間は人の声の方が大きいが、こんなに緑溢れる場所では、普通、至る所で精霊たちの声が響いているものだ。

　木々が歌う声はもちろん、土や石の囁きや、跳ねるような水の声、風が山々を渡り他の精霊たちのつぶやきを拾い噂を流して笑う声。そこに鳥の鳴き声や獣の駆ける音、葉擦れのざわめきが混ざり合い、山はいつでも、街の喧噪（けんそう）とはまるで違う賑（にぎ）やかさに溢れている。

その賑やかさを、サリは鮮やかに思い出すことができるのに。

今のサリに聞こえてくるのは、ビョッビョッとかしましく鳴く鳥の声や、葉のさわさわと揺れる音だけだ。

こんなにも静かな山は初めてで、戸惑ってしまう。

「それにしたって、やかましすぎないか」

溜息交じりに、サリとは正反対の感想を述べたのはラルフだった。

振り返れば、大きな背袋を負って、疲れのせいか多少猫背気味になったラルフが自身の右耳に水色の石を押し当てながら辺りを見回している。軽く眉間（みけん）に皺（しわ）を寄せてはいるが、不機嫌というわけではなさそうだ。単純に、山の精霊たちの賑やかさに圧倒されているのだろう。

「山ってのは、いつもこんなに煩（うるさ）いのか」

「そんなに騒いでいる？」

サリはラルフの問いには答えず、すぐ隣を一心に歩いているエトに声を掛けた。

周囲に人の姿が多くある時にはサリのマントの裾（すそ）を常（つね）に掴んでいたが、街を離れ、人よりも緑が勝ってくると、エトはサリの傍（そば）を離れはしないものの、服を握り締めるようなことはなくなった。

エトは立ち止まりサリを見上げると、焦（こ）げ茶（ちゃ）の目でじっとサリとラルフを見比べるようにした後、首を横に振った。

「すこしだけ。うるさくないよ」

普段人気のない場所に人間が入り込めば好奇心旺盛な精霊たちが騒ぐこともあるが、煩くてかなわないというほどではないということだ。

単純に、ラルフの耳が一度に多くの精霊たちの声を拾うことに慣れていないせいで煩く聞こえるだけだろう。

「そのうち慣れるから、それまでは石の声を聞いていろ。必要なことはエトに聞くから、山に慣れるまでは無理に耳を澄ませるな。また音酔いするぞ」

石の精霊は寡黙で、基本的には静けさを与えてくれることが多い。

精霊の発する声や音に慣れず、ひどい音酔いを起こしたラルフには、特に静かな石を選んで渡してある。精霊の声を聞くことができないサリに代わって、エトが選んだものだ。

こんなものは要らないと投げ捨てるのではないかと思っていたが、苦痛には代えられなかったのか、綺麗な水色のその石は常にラルフの胸元に下がっている。時折は会話もしているようだから、よほど相性が合ったのだろう。

「エト、お前は大丈夫か」

ラルフはサリの言葉には不服そうに鼻を鳴らしてみせただけだったが、石を右耳に当てたまま、エトに尋ねた。

「へいき」

エトはラルフを見上げ、わずかに頷いた。

「あいつらの声も聞き分けできるのか？　山に入ってからやかましすぎて、まともな声が拾えなくなったぞ」

「わかる」

ラルフは、リュウのようにエトに目線を合わせてその場に膝をつくようなことはしない。だが、エトがデューカの追っ手に一度攫(さら)われかけた後からは、随分(ずいぶん)と気に懸(か)けるようになった。自分の本来の力を取り戻すためもあるだろうが、ラルフなりに子供を怖がらせないように接そうとしていることは感じられる。偉(えら)そうな態度は変わらないものの、ラルフのこうした気遣(きづか)いは、サリにとっては意外なものだった。二年も共に仕事をしてきたが、ラルフがサリに対して気遣いを見せたことは一度もなかったので。

「今、『人が来た』と言ったのは風か？　『珍しい。見たい』とも言ったな」

精霊の声が拾えるようになってからは、ラルフは最初の苛々(いらいら)とした様子が嘘のように、彼らの声を熱心に聞こうとしている。

王都で公安魔法使いとして働いていた頃を思えば信じられない姿だ。精霊使いなど精霊の声をただ聞くだけのくせにと、さんざんこちらを見下していたというのに。

精霊の声に夢中になっているのを見れば、サリはほら見ろと多少胸のすく思いがする。

ラルフがエトに自分の拾った声の正誤を問う姿にも慣れた。相手がサリであればこうも素直には訊(き)かないが、子供であるエトにはかえって訊きやすいらしい。

「『人が来た』と言ったのはそこの木だよ。『見たい』と言ったのは水。風があっちから声をはこんできたの」

「……つまり、この方角に水場があるということだな。くそ、山に入ってからあいつらの声の聞き分けがさっぱりできなくなった。お前はすごいな」

ラルフに何気なく言われて、エトは小さな口をきゅっと結ぶと俯(うつむ)いた。

なにか嬉しいことがあると、どうしていいのか分からず下を向くのがエトの癖(くせ)だ。

この山に入り、人の気配が自分たちの他には完全になくなったと確信して初めて、エトは辺りに構わず声を出すようになった。

人前では決して誰かに聞こえるほどの声では喋(しゃべ)らず、伝えたいことがあるとサリの首にしがみつくようにして、サリ以外の誰にも自身の声が届かぬようにと、耳元で小さな小さな声で囁いていたのだ。

そうするエトの気持ちが、サリには痛いほど分かった。

精霊の声を聞く力を失ったサリに、エトは自身が聞き取った精霊たちの声を知らせてくれたが、それがサリ以外の誰かに聞かれたならひどい目に遭(あ)うと思っているのだ。実際、これまでのエトの人生がそうだったのだろう。

サリと力の入れ替わったラルフが精霊の声が聞こえたと悪気なく口にする度、エトは驚きに目を見開いて怖々と辺りを窺っていた。

だからサリは、かつて自身がオルシュに教えられたように、怯えるエトに繰り返し伝えた。

この国には、精霊の声について話しても大丈夫な場所とそうでない場所がある。

精霊使いを知っている人々がいる場所でなら、精霊の声を聞いたと告げても誰もエトのことをおかしいとは言わない。

ラルフだって、エトが精霊の声を聞くことをおかしいとは言わないだろう？

話の途中までは、とてもサリの言葉を信じられないという顔をしていたエトだったが、最後の言葉に目を瞠った。

エトにとってラルフは、恐ろしい存在だ。

エトの唯一の心の支えである白銀を傷つけようと魔法の力を放った人物。その力を失って欲しいと強く願った相手。

そんなに恐ろしいラルフなのに、エトが精霊の声を聞いても、気持ち悪がりはしない。

それどころか、旅の始めには苛々と不機嫌を撒き散らしてばかりだったというのに、自身も精霊の声が少しずつ聞こえるようになってからは夢中になってその声を拾い、エトに聞こえた声の正誤を確かめてくる。

サリはオルシュからこの国のことを教えられた時、精霊について語っても受け容れられる場所があるなど到底信じられなかったが、なにより、オルシュ自身が精霊の声を聞くことができるという事実に救われた。生まれて初めて、自分以外にも精霊の声を聞く人物と出会い、その人が自分たちの他にもそんな人間がいると言ったから、本当なのかもしれないと思った。

エトにとっては、あのラルフが精霊の声を聞き、今では受け容れているという事実がなによりも大きかったようだ。

始めのうちはラルフとは目も合わせず、ラルフが一声発する度に肩をびくつかせてサリにぴったりとくっついていたエトだった。

しかしラルフが、エトに水色の石を選んでくれた礼を丁寧に告げ、お返しにエトが常に握り締めてその音を心の拠り所にしていたクスノキの枝をいつでも提げていられるように小さく加工して渡してやったあたりから、恐怖が抜けてきたようだ。

エトの首には、赤い紐に通された白い石とクスノキの木片が掛かっている。一日に何度もエトがそのふたつを小さな手で握り締める姿を見ていれば、それらが彼女にとってどれほど大切なものなのかがよく分かる。

白い石は、サリがエトに買ってやったものだ。

ラルフが風の精霊たちを怒らせた煽りを受けて、エトまでもがひどい音酔いになってしまった際、気を失ったラルフのものと一緒に求めた。

『エトの石も選んで。私が店主と話しているから、その間に石に話しかけて、気の合う石があったらそれにするといい』

ずらりと並べられた石を前にサリがそう言うと、エトは目をいっぱいに瞠ってサリを見上げ、なにを言われたのか分からないという顔をしていた。

誰かが自分に何かを与えるなど、あるはずがないと信じている。

エトがなにを思っているのか容易に想像のついたサリは、ラルフの石は早々に選んだのに、自身の石をちっとも選ぼうとしないエトに根気よく付き合って、露店に並べられた石をひとつずつ指差して、エトの反応を窺った。

エトは怯えたように押し黙ってサリの問いには答えなかったが、丸く、すべすべとした白い石を指差した時、じっとその石を見つめて二度瞬いた。次の石を指差してもエトの視線が白い石を見ているのを確かめて、サリはその石を求めた。

赤い紐に通して渡してやると、エトは両手で石を受け取って、長い間俯いてその石を見つめていた。

落としてしまうといけないから、と首から掛けてやると、その存在を確かめるように石を握り締めて、さあ行くよと促すサリのマントの裾を摑んで、歩き始めた。

俯いたエトの頰が真っ赤で、空いている方の手で白い石を強く握り締めるのを見て、サリは静かに嬉しくなった。出会ってからずっと怯えてばかりのこの少女が、確かに喜んでいることを感じたから。

同じことをラルフも思ったに違いない。

クスノキの木片を手渡した時、ラルフは瞬きもせずにエトの様子を窺っていたのだから。

いつもは尊大な男が小さな少女の反応に緊張して、エトに恐々と木片を差し出す様子はなかなかに見物だった。

やがてエトがそれを受け取ると、ラルフはほっとしたように肩の力を抜いて、それでも顔を強張らせてエトの様子を見つめていた。一体彼女はラルフを前にどんな顔を見せたのだろう。固唾を呑んで少女を見守っていたラルフの目がある瞬間わずかに瞠られ、次いでゆっくりと口元が弧を描いた。

いつもの口の片端を上げる、人を小馬鹿にしたような笑みではない。

この男にこんな顔ができたのかとサリが驚くくらい、ラルフがエトを見つめる表情は穏やかな喜びに満ちていた。

その時初めて、サリはエトを守る相手としてラルフを少しだけ信用することにした。

それまでは、ラルフが自身の力を取り戻すためだけにエトに接近しているのだろうと、警戒する気持ちの方が強かったのだ。

恐ろしい人間と絶えず行動を共にしなければならない緊張を思えば、多少なりとも自分に慈しみを持ってくれている相手と一緒にいられる方がエトのためにはいいに決まっている。

それからのラルフは、自身の望みを優先させるよりも、まずはエトの信頼を得ることに努めているように見える。

そんなラルフの態度の変化を敏感に感じ取っているのだろう。エトは時折戸惑った表情を向けながらも、ラルフの呼びかけに体を強張らせることがなくなり、短くとも言葉を返すようになってきた。

「エト、お前顔が真っ赤だぞ。水を飲め」

今も、そんな風に言ってラルフはエトの背袋に提げてある竹筒を持ち上げたが、その重さに気づいて目を剝いた。

「お前、これ一本目だろう。朝から全然減ってないぞ。こまめに水を摂れと言っているだろう。倒れるぞ」

「のんでる」

短いが強い声音で断言され、ラルフはなんとも言えない表情で頭上を仰いでいる。

先になにが起きるか分からないことを考え、喉が渇いたからと無闇に欲しいだけ飲むことをしないエトが、これまでどんな生き方をしてきたのかが垣間見えるようだ。

ラルフも似たようなことを思ったのだろう。内心の苛立ちを隠しきれず、いいから全部飲めと乱暴に竹筒をエトの手に握らせているが、エトはどうして突然ラルフが苛立っているのかと戸惑い、サリに身を寄せるようにした。

エトは人の感情の機微を恐ろしいほど細やかに読む。

我慢強く、サリやラルフが声を掛けなければ、喉が渇いたとさえ告げないエトだ。自分の意思を問われたことがほぼなく、または余計なことを言って相手を怒らせないことがエトなりの処世術(しょせいじゅつ)なのだろう。

多少は子供の足に合わせているとはいえ、山中を行く旅は過酷(かこく)なものであることに違いないのに、エトは疲れたとも休みたいとも言わない。サリが歩き続ければ、必死に黙々とどこまでも歩き続けることが容易に想像できる。

「エト、さっき風が水の声を運んできたと言っただろう？　もう少し先に沢がある。そこでたっぷり水を補給できるから、これは飲んでおしまい」

サリがそう伝えて初めて、エトは納得したように竹筒に口をつけた。よほど喉が渇いていたのか、小さな喉をごくごくと鳴らして、あっと言う間に竹筒を空(から)にした。

頭上を見上げれば日の光が真上から差し込むことに気づいた。ちょうど昼時だ。

「沢の傍でお昼にしよう。これから更に山に入るから、しっかり食べるんだ。だが、あと半日頑張ったらオルシュの小屋に着く。そうしたら旅は終わりだ」

小さな額から流れる汗を拭(ふ)いてやりながらサリが告げれば、エトがしっかりと頷くよりも先に、は⁉　と大声が響いた。

驚いた山鳥が一斉に飛び立つ羽音が聞こえ、エトは反射的にサリのマントに手を伸ばした。

今度は一体なんだと相手を見れば、ラルフがこれ以上ないほど目を見開き、わなわなと震えている。

「今日中？　今日中だと？　今日があとどのくらいあるかお前には分かっているのか？　最後に民家を見てからもう半日も山の中を歩き続けているのに、着くのが今日中？　ふざけてるのか。この先に、本当に人の住む場所があるのか。こんな、山奥に！」

進行方向に広がる山林を指さし、ラルフが眉を吊り上げてサリを睨みつける。

「オルシュと私が住んでいた」

「お前たちだけだろう！」

サリは盛大に溜息を吐いた。

先祖代々が公安魔法使い家系で、生粋の王都育ちのラルフにとって、山とは整備された避暑地であるか、或いは、災害が発生した場合にそれを収めに訪れる場所でしかなかったらしい。

王都から離れ、街が消え、村の規模が小さくなる道中、サリが人目を避け、敢えて人気の少ない場所を通っているのだと最初は考えていたようだが、背袋に水や食料を詰め込み、馬車を捨てて徒歩で山に入ろうとした辺りで、ラルフは恐ろしいものを見るような目でサリを見つめたものだ。

「お前の住んでいた村に人はどのくらい住んでいる」

「村には住んでいなかった。山裾の村には三十人くらい人がいたはずだ」

今回は彼らの目を避けるべく、三つ隣の村から山中に入った。

「村に住まずにどこに住むんだ」

「だから、山だと言っただろう」

「……山の中に集落があったのか」

「集落はなかった。オルシュの小屋がひとつあるきりだ。あんな場所まで上がってくる人は滅多にいなかったしな」

「そんな場所でどうやって生活する。食料はどうしていたんだ」

「どうやってって。水は沢に汲みに行けばいくらでもある。小屋の隣に小さな畑を作っていたし、山菜も魚も鳥も鹿も捕れた。どうしても足りないものは山を下りて村まで交換してもらいに行った。オルシュは薬草にも詳しかったから、村の人たちに重宝されていた」

サリが丁寧に話せば話すほど、ラルフは目を見開き、悪夢を見たように青ざめ、そんな原始的な暮らしが未だに存在するはずがない、などと失礼なことを呟いている。

「エト、お前も黙ってないで言いたいことは言え。こんな山奥で暮らすなんて嫌だろ?」

サリが冷めた目をしているのを見て埒が明かないと思ったのか、ラルフはエトに矛先を向けてきたが、少女は躊躇わず首を横に振った。

「ここがいい」

精霊たちが多く住まい、恐ろしい人間の姿がほぼないこの山を、エトが厭うはずがない。

だが、都会育ちのラルフがどうしても山中での生活は受け付けられないと言うのであれば、それはそれで仕方がない。またこの男に不機嫌を撒き散らされる方が迷惑だ。

　街中とは比べものにならぬほど精霊たちの数も多いのに、彼らを怒らせるようなことにでもなれば、今度は気絶では済まない事態に陥るだろう。

　ここまで来れば、ラルフと四六時中共に居る必要もないのだ。

「分かった。それならあんたは今日来た道を戻って最後に寄った街で宿をとれ。一週間に一度、この辺りで落ち合うことにしよう。それでいいな。エト、行こう。じゃあ、一週間後の昼にここで」

　これで納得するだろうとサリはエトを促しその場から進もうとしたが、ちょっと待て、と慌てたようにラルフに腕を捕られた。

「まだなにか文句があるのか。金の心配か？　この辺りは都会に比べて相場も随分安い。それでも足りなければ、宿先への手伝いを申し入れれば労力と引き替えにしてくれるはずだ。そのくらいは自分で稼げ」

　ぐだぐだと言い争ってここで時間を無駄にすることはない。一息に言えば、ラルフは再び眉を吊り上げた。

「そういう問題じゃないだろう！」

　苛立ちに任せて怒鳴ったが、その声に驚いてサリの腰に抱きついたエトに気づくと、ばつの悪そうな顔をして不自然に咳払いする。

ちょっと待てと言いながら大きな背袋をおろすと、昼用にと用意していた肉まんじゅうと予備の竹筒を取り出してエトに持たせた。ついでに、いつの間に手に入れていたのか、焼き菓子まで出している。

「お前に怒鳴ったわけじゃない。悪かった。サリと大事な話がある。向こうで食べて待ってろ」

エトはサリを見上げたが、サリが溜息を吐きながら頷くと、ラルフの示した方へ歩いて行った。

サリとラルフの見える場所だが、話が聞こえないよう十分に距離を取っている。自分で座りやすそうな木の根の窪（くぼ）みを見つけると、そこに掛けて肉まんじゅうにかぶりついた。

「エトに命令するなと言っただろう」

ラルフの物言いが気に入らず声を落として言えば、ラルフが苛々と、こちらもエトに聞こえぬように声を落として言い返してきた。

「分かってる。言い間違えただけだ。そんなことより、俺を置いていくつもりか？　お前はなにを考えている」

「あんたが山中で暮らすのは嫌だと言ったんだろう。その気持ちを尊重しただけだ」

「馬鹿か。ここまで俺が一緒に来た意味を忘れたのか。あのシロガネとかいうやつに、俺とお前の力を戻してもらうためだろ」

この道中、ラルフがバクのことを化け物と呼ぶ度にサリが訂正し、ある日それを聞いたエト

が小さな目を涙でいっぱいにしたのを見てから、胸中はどうあれラルフもバクを白銀と名で呼ぶようになった。

「それもそうだが、まずはここでエトの気持ちを落ち着けるのが先だ。気持ちが落ち着けば考えも変わるだろうし、山を嫌がるあんたと共に暮らして、苛つかれないようびくびくするより、週に一度、多少でも文句の少ないあんたと会う方がエトのためにはどう考えてもいいだろ」

「それで、本当にシロガネが現れるのか？」

白銀はエトが心の底から望まなければ現れないし、ふたりの力はエトが白銀に望まない限り永遠に元には戻らない。

エトの方を見れば、ついさっき食べ始めたばかりだと言うのに、彼女の顔ほどもありそうだった肉まんじゅうはもうほとんどなくなろうとしていた。

ラルフはエトの早食いを卑しい食べ方をすると嫌っているが、これまでのんびり食事をすることが許されなかったのだろう子供には酷な言い方だとサリは思う。

ラルフに向き直り、サリは首を傾げた。

「さあ、どうだろう。エトは我慢強くて、用心深い子だから」

王弟デューカが白銀を捕まえようとしている恐れが完全に消えない限り、彼女は白銀を呼び出しはしないだろう。

「シロガネにエトを託されて、直ぐにここに来ることを決めたのはお前だ。それは解決の糸口があるということだろう？　ここまで来て、ただただ待ってなどいられるか」

　不機嫌に舌打ちをひとつして、ラルフはエトを振り返った。

「おい、エト。お前もう少しゆっくり食べろと言っただろう。腹が減ってるならもうひとつやる。水は飲んだか」

　どうやら結局、ラルフも共に行くらしい。それなら最初から文句など言わなければいいのに、と思いながらサリも昼にすべく荷をその場に下ろした。

　エトはラルフからもうひとつ肉まんじゅうを渡されて、今度はがっつかないようにと見張られながら食べている。

　多少の緊張はあるものの、怯えのないその表情を見れば、最初に比べて随分（ずいぶん）精神的に落ち着いてきたように思えるけれど。

　サリの家で白銀を自身の傍から追いやってからただの一度も、エトは意識のある時に白銀の名を口にしていない。

　彼女が白銀の名を口にするのは、眠りに落ちた時だけだ。そんな時ですら、エトは人に聞かれることを恐れるように、密（ひそ）やかに白銀の名を囁くのだ。

　白銀はエトの心の守り手だ。エトをひとりにせぬために、エトのために現れた存在。

　いくらその白銀が託した相手だからと言って、ほとんど見知らぬ存在であったサリや、白銀に力を振るったラルフと共に在（あ）る日々は緊張の連続だろう。

心細くて、寂しくて、本当に心を許せるのは、会いたいのは、白銀のはずだ。

かつての自分が、そうだったように。

は、と息が漏れて、サリは頭上を仰いだ。日の光が降り注ぎ、葉がきらきらと輝いて見える。美しくて、明るくて、あたたかくて、見ているだけで嬉しくて、穏やかな心地になる。

呼び出した人間にとって、バクとはそんな存在だ。

葉からこぼれ落ちた光が眩(まぶ)しくて、サリは顔をそちらに向けたまま目を閉じる。


（新月(しんげつ)）


もう長い間心の奥底にしまい込んでいたというのに、エトに出会ってから、サリは遠い昔に出会った自身のバクのことをどうしても思い出してしまう。

両親に置き去りにされた山中で泣いていたサリの前に、新月は突然現れた。

白銀の髪は月の光を集めたような銀色だが、新月の髪は黒かった。美しく長いその黒髪が、月のない夜だというのに輝いて見えたのをよく覚えている。

人ではなく、精霊でもない。

一目見た瞬間にそう思ったけれど、その時のサリには新月がどんな存在であっても構わなかった。

凍(こご)えるサリを抱き上げた腕はやさしく、サリの目を覗き込む新月の瞳は柔らかかった。そんな風に誰かに見つめられたのはいつ以来だったか。

『お前をひとりにしたりはしない』

低く落ち着いた声音を、心の底から信じられたのは新月がバクだったからだろうか。

『おやまあ、やけに山の連中が騒がしいと思ったら。とんでもないお客がいたもんだ』

だが、サリが新月と共にいた時間はわずかだ。数日か、長くても一週間といったところだろう。

新月はサリをオルシュの元へ運び、オルシュはすぐにサリに新月へ別れを告げるように言ったからだ。

『バクは人の心に添う生き物。お前をひとりにしないために現れて、私にお前を託した。役目を終えたんだ。さあ、さよならをお言い。お前がさよならを言わなければ、あのバクは役目を果たさぬ罰で近いうちに消えてしまうだろう』

あの時、オルシュは幼いサリにそんな風に言って、半ば強引にサリから新月を引き離した。

新月が消えてしまう、というオルシュの言葉がどれほどサリを怯えさせたか。

世界で唯一、サリをひとりにしないと言ってくれた存在だった。ずっと、ずっと傍にいて欲しいと願ったが、その願いが新月の存在を消してしまうなら、そちらの方がサリには恐ろしかった。

『バクはお前の心に引きずられるからね。あのバクを大切に思うなら、早く忘れるんだ。お前がバクのことを忘れて生きていくなら、あのバクはいつまでも生き続けられる』

泣きながら新月に別れを告げたサリに、オルシュは容赦なくそう言った。

サリには新月を忘れることなど到底できそうにないと思ったが、その翌日から、オルシュに山のような用事を言いつけられて必死でこなしているうちに、いつしか新月の存在を心の奥にしまうことができた。

バクが人の心に添い、その願いを忠実に叶えずにはいられないがために、人に悲劇をもたらすことがあると教えられたのは、それからずっと後のことだ。

エトと白銀はいつ出会ったのだろう。どれほどの期間を共に過ごしているのか。

その時間が長くなるほど、エトは白銀と離れられなくなるはずだ。

サリとラルフの力が入れ替わっていなければ、この瞬間、エトをどれほど悲しませようともサリはあの時のオルシュと同じように振る舞い、エトから白銀を引き離しただろう。

(ともかく、エトを安心させることが先決だ)

かつてオルシュが、お前の居場所はここにあるとサリに示してくれたように。

白銀がいなくとも、ひとりにはならないとエト自身が思わなければ意味がない。

「サリ」

目を開けると、エトがこちらに駆け寄ってくるところだった。

「これは、サリのぶん」

差し出されたのは、ラルフがエトにやったはずの焼き菓子だ。

全部エトがお食べ、とその手を押し返そうとしたサリだったが、エトの緊張を感じて受け取った。

「ありがとう、エト」

目を見て言えば、エトはぱっと俯いて踵を返して座っていた所へ戻っていく。

人に怯えて泣いているエトがわずかにでも安心できるだろう場所を、オルシュの小屋以外に思いつくことができなかったから、サリはただそこを目指している。

ラルフが言っていたように、エトに白銀から自分たちの力を返して貰うための明確な方法や道筋が見えているわけでもなんでもない。オルシュの小屋に着いたとて、なにから始めたらいいのかすら未だに分からないけれど。

(あの子の笑顔は見てみたいな)

それだけは心に浮かんだから。

まずはそこから始めてみようかと、サリは焼き菓子を口に放り込んで、ずっしりと重い背袋を負った。

大きな洞のあるクスノキが見えた時、サリは思わずその場に立ち止まった。

オルシュの小屋を見下ろす位置にあるそのクスノキは大きく、大人三人が手を繋いでも囲めるかというほど幹が太い。幹には洞があり、子供はもちろん、大人でも屈めば入り込むことができる。

オルシュの小屋に来てから山を下りるまで、そのクスノキの洞はサリの大好きな居場所のひとつだった。

洞の中に入り込むと外の世界からは切り離されて、柔らかな木の音色に包まれていると、恐ろしいことなどなにもないのだと思えてぐっすりと眠れた。

とても懐かしい人に出会ったような気持ちになり、サリはゆっくりとクスノキに近づくとその幹に触れた。

二年前までクスノキの傍からオルシュの小屋に至る小道があったのだが、今はすっかり草に覆われている。

木々の間を真っ直ぐに走る記憶の中の小道を行けば、そこに、四角い小屋が建っている。

年に一度は人に頼んで風を通してもらっているはずだが、この二年のうちに小屋はすっかり蔦に覆われてしまっていた。

小屋の隣にある小さな畑も、雨よけのついた水置き場に並んだ甕も、その傍にある黒釜も、どこもかしこも草だらけだ。

時刻は既に夕方。赤い日が小屋を照らして、小屋の前に植えてあるクチナシの花が橙に染まっているのが見える。

目に映る景色は馴染んだものばかりなのに、こんなにも静かなこの場所は初めてで、サリは小さく身震いした。

オルシュの小屋の周りにはいつだってオルシュを慕う精霊たちの声があり、サリをからかう精霊たちの声がさざめいていた。

晴れの日も雨の日も、風が吹こうと、雪が降ろうと、この場所はいつでも、彼らの声に包まれているはずなのに。

(本当に、なんにも聞こえない)

静かすぎるオルシュの小屋は、サリの知らない場所のようで少しだけ怖い。

落胆する自分を感じまいと、サリは顔を上げた。

「ただいま」

クスノキの木肌を撫で、目の前に広がる景色にサリがそう呟いた瞬間だった。

クスノキの葉が不自然にざわめいた。

ごうっと突然の大風が山を渡ってきたかと思うと、その風は辺りの木々の葉や花を引き千切り、それらが一斉にサリたちの周りに降り注いだ。

「やかましい！」

耳を両手で押さえて叫んだのはラルフだ。

なにが起きているのか分からず、驚いて空を見上げるサリの隣で、エトが目を丸くしてサリのマントを引っ張った。

「サリのこと、はなしてる」

「え？」

ひどい突風に揉まれて、エトの声がうまく聞こえないほどだ。

どこから飛んできたのか、赤や黄色や白の花びらがどんどんサリに降り注ぐ。

それをはらいながらエトの傍に膝をつくと、エトは珍しく飛びつくようにしてサリの耳元に口を寄せた。

「『おかえり』って、みんながいってる。すごい音。山がみんなで歌ってるみたい」

エトの言葉に、サリは目を見開いた。

今のサリには決して聞くことのできない精霊たちの声。だが、ぶつかるように吹き付ける風

や、枝を振るわせてサリに向かって落とされる葉や花たち。

確かに、彼らはそこにいるのだ。

サリはひとつ編みにしていた髪紐を解いた。途端、長い髪を風が弄んでめちゃくちゃになってしまう。

ああ、彼らの声が聞きたくて堪らない。

本当に、本当に自分は彼らの声を聞くことができなくなったのだと、サリは心の底から思い知った。

精霊たちの歓迎に、嬉しい気持ちと寂しい気持ちが同時に込み上げてきて、どんなに小さな声でもいいからと懸命に耳を澄ましてみたけれど、サリの耳が拾うのは山を渡る強い風の音と、その風が揺らす木々のざわめき、驚いて逃げ惑う鳥たちの鳴き声だけだった。

やがて精霊たちの興奮が収まると、後に残ったのは花びらや葉が絡まり髪がぼさぼさになったサリと、軽い音酔いを起こしたラルフ、それからサリの髪についた花びらを一生懸命取ろうとするエトの姿だった。

溜息をひとつ吐いて、サリはひどい有様になっている周囲を見回した。葉や小枝や花が散乱して、嵐が過ぎた後みたいだ。

「エト、驚いただろう。あんたは音酔いしなかった?」

エトのくしゃくしゃとした髪にもいくつかの花びらが絡みついているのに気づいて、サリは少女を手招きして頭をはらってやる。

まだ人に触れられることに不慣れなエトは少しだけ首をすくめて、けれどサリの手の動きを見ながら首を横に振った。

それからサリの目をじっと覗き込んでこう言った。

「サリ、ここは怖い音がひとつもしないね」


王都を出る時にはデューカの追っ手から逃げ切り、とにかくオルシュの小屋に辿り着くのだとサリはそればかりを考えていた。

ひとつ明確な目的があると、余計なことなど考えないものだ。

ラルフもエトもそうだろう。

だがいざ目的地に辿り着いた後、次に始まるのはこの三人による共同生活だった。

オルシュの小屋の前に立ったその時まで、サリはその先に続く日常生活というものを全く想像していなかった。

エトはともかく、ラルフ。

ラルフと共に日常生活を送る？

蔦だらけの扉や軒下（のきした）の大きな蜘蛛（くも）の巣に露骨（ろこつ）に顔を顰（しか）めているラルフの横顔を思わず見つめ、眉間（みけん）に皺（しわ）を寄せたサリだ。

数日の山歩きと慣れない野宿で多少薄汚れてはいるが、金色の頭のてっぺんから、高そうな革靴（かわぐつ）の爪先（つまさき）まで、どこからどう見ても都会育ちの傲慢（ごうまん）そうな男である。

王都のラルフの館には身の回りの世話をする通いの老婆がいたし、男の実家にはたくさんの手伝いがいるのだと噂（うわさ）で聞いたことがある。

こんな場所で人が暮らせるはずがないと道中でもさんざんサリに文句を言っていたことを思えば、ここでの暮らしでラルフが戦力になるとは思えない。

（すごく面倒臭（くさ）そうだな）

予想は微塵（みじん）も違（たが）わなかった。

まずラルフが反発したのは、サリが示したこの小屋で暮らす上での家事分担についてだった。

サリがこれまで共に暮らしたことのある相手と言えば、両親とオルシュしかいない。

両親との生活の記憶は既におぼろげで、はっきりと記憶にあるのはオルシュとの暮らしだ。

王都に出て公安精霊使いとなってからはひとり暮らしをしていたサリにとって、だから他人との生活の基準は、すべてオルシュが示してくれたものになる。

親に捨てられたばかりで、新月（しんげつ）の手を握り締めて泣きべそをかいていたサリに、オルシュはまったく容赦（ようしゃ）しなかった。

『いいかい、うちで暮らすなら自分のことは自分でするんだ。家のことはお前と私で分担だ。とりあえず朝起きたら一番に水汲みすることを当面のお前の仕事にしよう。表の水置き場の甕にたっぷり汲むんだよ。家の仕事をしない者に食べさせるものはないからね』

顔中皺だらけで声の大きなオルシュが、最初は随分怖かった。

ここを追い出されたら他に行くところなどないと思い、サリはオルシュに言いつけられたことを必死でこなしたものだ。

そんなことを懐かしく思い出しながら、埃の溜まった部屋の掃除をエトに、沢での水汲みをラルフに割り振れば、たちまちラルフが気色ばんだ。

「ちょっと待て。今、ほぼ丸一日かけて道もないような山の中を歩いてきたばかりだぞ。それなのに、これから更に働かせようって言うのか？　しかもエトにまで？　正気か」

当たり前だ、とサリは頷いた。

「ここでは皆が協力しなければ生活がまわらない。各々が仕事を分担し、きちんと役目を果たした者が食事にありつける。そういう決まりだ」

「は？」

ラルフはサリの言っていることがよく理解できないようだった。

「日が完全に落ちるまでに小屋の中を掃除して、今晩必要な水を汲み、火を熾さなければ食事にもありつけない。早く動こう」

ぱん、と手をひとつ打ったサリに背筋を伸ばして反応したのはエトだけだった。

「どうして俺がそんなことを！」

「あんたがここに来ると言ったからだ。来た以上、ここのやり方に従って貰う。嫌なら山を下りろ。あんたがなにもしないなら、全部私とエトにやれと言うつもりか？　私はあんたの家政婦じゃないし、私はここに客人を招いたつもりもない」

今日来た道を示せば、ラルフは一度ぐっと声を詰まらせた後、苦し紛れのようにエトを指差し叫んだ。

「だからってエトまで働かせることはないだろう。まだ子供なんだぞ。休ませてやれ！」

知るか、とサリは白けた気持ちになった。

「あんたが育った場所では子供は働かなくてもよかったのかもしれないが、ここでは生活に必要なことはなんでも自分でするのが基本だ。エトは赤ん坊じゃない。馬鹿にするな」

エトを振り返れば、サリとラルフの言い合いに怯えた顔をしていたが、サリと目が合うと、

「わたし、そうじできる」

と強い表情で頷いた。

あんたが沢まで行かなきゃ飲み水すらないぞと、問答無用でラルフの前に水桶が両端に下がった天秤棒を置いてやると、忌々しげな目をサリに向けながらも、ラルフは沢に向かっていった。

しかしその結果は惨憺たるものだった。

ラルフは天秤棒を肩に乗せ、水の入った桶をバランスをとってうまく運ぶことができなかったのだ。

沢から小屋に戻ってくるまでに、桶の中身は半分以上なくなる始末。その有様に自分で苛つき、地面に乱暴に桶を置いたものだから、残っていた水もたぷりと音を立ててさらに半分が辺りに飛び散ってしまった。

「笑うな！　少しはおとなしく桶に入っていろ！」

地面に描かれた染みに向かって叫んだのを見ると、水の精霊たちにからかわれたのだろう。

「ラルフ、あんたのやり方じゃ難しいだろう。首の後ろに棒を乗せたら、両手は棒を握るんじゃなくて、水桶の持ち手を持ってバランスを取るんだ。もしくは進行方向に対して平行に……」

「分かっている。余計な口を挟まず、お前はお前の仕事をしろ」

見かねて助言しかけたサリだったが、ラルフはぴしゃりとはねつけると、天秤棒を担いで再び沢へと下りていく。

しばらくすると、沢の方からなにやら悪態をつく声が聞こえてきた。余程荒れているらしい。

エトが不安そうにサリを見上げてくるので、気にしなくてもいいと伝えてやる。

サリが口を挟むだけラルフの苛立ちが増しそうだったので、その後はラルフの好きにさせることにした。どんなやり方でも、とにかく水甕に必要な水が溜まればそれでいい。

そうと決めれば、サリも自分の仕事にかかった。

部屋の扉と窓を開け放ち、天井の埃を落としてエトに引き継ぎ、焚きつけ用の小枝を探し、小屋の裏に積んでいた丸太を薪割りし、長い間使っていなかった室内炉に火をいれ、表の黒釜を掃除し、寝具にはたきを掛け、持ってきていた保存食や野菜を使って夕食の支度をした。

それらが終わる頃、ラルフは三つある内の一つ目の水甕をやっと満たしていた。

天秤棒を使うことを諦め、途中からは水桶ひとつを持って往復していたらしい。

「俺に本来の力があれば、あんな水桶、百でも同時に運べるのに」

ラルフは忌々しげに言っていたが、魔法の力がなければ役立たずだと自分で言っているようなものだ。どうして仕事ができなくてもあんなに偉そうなのか、サリはつくづく不思議でならない。

しかも、あんなやり方では水甕すべてを満たすのに半日がかりになってしまう。

「明日は薪割りをして欲しい」

サリはラルフに別の仕事を割り振ってみることにした。このまま水汲みをさせるより、ラルフができる仕事を早めに見つけて、それに専念してもらう方がエトもラルフも精神的に穏やかに過ごせるだろうと思ったからだ。

水汲みがよほどきつかったのか、ラルフは珍しく素直に、分かったとだけ返事をした。

そうして部屋に入りかけて、再び顔を歪ませた。

「部屋が、ひとつしかないだと……⁉」

今度はなんだと、サリも眉間に皺を寄せる。

ラルフを見上げれば、信じられないものを見たという顔をして入り口で固まっている。

ラルフが呟いた通り、オルシュの小屋の中に仕切りはない。

大きな一部屋があるきりで、扉に近い側に室内炉があり、奥の壁には高さの不揃いな棚がずらりと並べられている。

中身はほとんど空だが、かつてはそこに、オルシュの使う薬草や書物、サリたちのわずかな衣服や寝具、日用品などが収められていた。

決して広いとは言えず、いつか見たラルフの寝室より少し大きいくらいか。それでも、大人ふたりと子供ひとりが寝起きする場所くらいはちゃんとある。

「早く入ってくれ。食事にしよう」

室内炉には鍋がかけられ、ぐつぐつと野菜や肉が煮えている。

「エト、ここにおいで」

サリは手早く椀に汁物をすくいながら、視線で自分の隣を示した。

「ラルフ、あんたが早く入らないからエトまで入れないじゃないか。その子をここに連れてきて早く座らせてくれ。冷めてしまうよ。あんたはそっちに」

湯気の立つ椀を室内炉の縁に起き、ラルフのためによそった椀をエトの席の隣の縁に置く。

エトのことを言われて、ラルフは我に返ったように部屋に入ってきた。ラルフの表情を窺うエトに気づいて、半ば強引に部屋に上がらせてしまう。

自分で用意した椀の前であぐらをかいていたサリの隣にやってきたエトは、背筋を正し正座した。

旅を始めた当初は、共に食事をとることも避けようとしていた子だ。食事を渡すと、ぱっと腕に抱きかかえてサリとラルフから姿の見えない場所を探すようなそぶりを何度も見せていた。

『私の隣で、一緒に食べよう』

と告げると、信じられないと目を丸くして、

『怒らない？』

と問うた。

隣のサリと向かいのラルフが気になって仕方がないらしく、恐ろしいほどの速さで食事を済ませる姿は可哀想だったが、旅を通じて、エトは食事時にサリたちから身を隠そうとしたり、サリたちの顔色を不必要に窺うことはなくなった。

「お代わりもあるから、たくさん食べな。今日は疲れただろう」

告げると、こくこくと無言で頷いて、今食べている椀を慌てて空にしようとする。

「落ち着いて」

と声を掛ければ、途端にかきこむ速度を落とすエトだ。

ここでの生活に慣れて、誰かと共にする食事も、お代わりも、足を崩すことも、彼女の当たり前になればいい、とサリは自身の椀を手に取った。

食事の間中、ラルフは無言のままだったが、部屋のあちこちに鋭く視線を巡らせていた。

そうして、食事を終わらせやおら立ち上がったかと思うと、おもむろに部屋の奥からちょうど半分辺りの位置に、端から端まで紐を渡した。

サリに大きな布がないかと訊くので、衣装箱の底にあったものを出してやると、紐に掛けて部屋に簡易仕切りを作った。布の大きさが部屋の幅に足りず、両端の隙間ができた部分にはサリのマントとラルフのマントまで掛けて、少しでも隙間を埋めようとする徹底ぶりだ。

「お前とエトはこの仕切りの奥で寝ろ」

これまでの道中、宿でも同じ部屋だったというのに、今更なにを気にすることがあるのか。

布はじめじめと黴びた匂いがして臭く、部屋が狭く見えるからこんなものを掛けるのはやめようとサリは言ったが、

「お前には恥も常識もないのか！　お前もエトも、女だろう！　扉ひとつ開ければ部屋全部が見渡せるんだぞ。そんな部屋で身支度するつもりか！」

もちろん、そんな部屋でサリは育ってきたのだが、ラルフがあまりに凄い剣幕で言うので、それ以上言い募るのが面倒になった。サリも疲れていたのだ。

ただ、水汲みもろくにできない男に常識を疑われたことにはひどく腹が立ったので、黴臭い

仕切りの向こうからラルフを思い切り睨みつけて眠りについた。

後から思い返せば、道中、ラルフは早々に自身の身支度を済ませると必ず一定時間はサリたちの前から姿を消していた。サリもエトも支度に時間のかかる方ではなかったので特に気にしたことがなかったが、意外なところで気遣われていたことを知り、妙な気持ちになった。

そしてその翌日、水汲みのできないラルフは、斧もまともに握れないことが判明した。

最初は柄の先端を適当に両手持ちして振りかぶった斧を、地面や薪割り用の台座に打ち込んでばかり。

「ラルフ、その持ち方じゃいつか怪我をする。もっと、右手は柄の中ほどを掴んで」

「分かっている。気が散るから喋りかけるな」

サリが思わず声を掛けたが、水汲みの時と同様、煩いとはねつけてまるでこちらの言葉を聞く気がない。

薪割りをするラルフの周りには決して近寄るなとエトに強く言い含めておいたが、その後、斧が当たるようになった薪が派手な音を立てて辺りへ飛び跳ねていたから、それは極めて正しい忠告だったと言える。

「魔法が使えれば、薪など一瞬で割れるのに」

大きさの不揃いな薪がいくつもできた後、自身の指を見つめてそう呟いたラルフはやはり不機嫌で、手のひらには痛々しいマメができていた。

午後には、サリは別の仕事を与えてみたが、ラルフにできなかったのはそれだけではなかった。

火を熾して欲しいと頼めば、反射的に指を空に滑らせ火がつかないことに苛立ち、火つけ用の小枝を拾ってきたかと思うとそれらは水を含んでいて使い物にならない。雑草を抜いて欲しいと頼めば、どうして自分がそんな仕事をと怒りを露わにし、いざ抜き始めると表に顔をのぞかせている部分ばかりを引きちぎって、根から取ることをしない。掃除を頼めば、目につく大きな汚れだけを拭って終わり。

川で魚を捕ることも、食べられる山菜を見つけることも、とにかく、ここで暮らすために必要なことがラルフにはなにひとつできない。

その傍らで、エトは室内炉に火を熾し、釜で湯を沸かし、出された食事はなにひとつ文句を言わずに食べ、食事の後は自身の食器を洗い場に運んで洗い、毎日丁寧に部屋を掃除し、サリがすることをよく見て家の周りの雑草を自主的に抜き、水置き場の甕の水が減っていることに気づけばひとりで水桶を持って沢まで行って帰ってくる。

もういいから遊んでおいでと告げても、食事の支度をしているといつの間にかサリの傍にいて手伝いをするのだ。

ラルフよりもよほど力になる。

育った環境の違い、というものを痛感せずにはいられない。

オルシュの小屋に来て三日目が終わる頃には、サリに振られた仕事をなにひとつまともにこなすことができないラルフの自尊心はこれ以上ないほど勝手に傷つけられ、苛立ちは最高潮に達していた。

逆にサリは、公安魔法使いとしてあれほど圧倒的な力を振るっていたラルフにできないことがあるのを知る度に、なんだか見知らぬ生き物を目の当たりにしたような気持ちになって、次第に、感心する思いの方が強くなっていった。

こんなになにもできなくても、あんなに恐れ知らずの態度で生きていくことができるのだと。

サリとエトには、生きていくためにこれらの労働は必須で、ラルフにはそうではなかった。それだけの話だ。

思えばこの小屋に着いた時、ラルフはサリに、エトを働かせるなと怒ったのだ。まだ子供なのに働かせる気かと。

サリは世間知らずなラルフの物言いに鼻白んだが、ラルフにとって子供は守るべき存在で、働かせるものではないという認識を明確に持っていた。

サリはエトに一度仕事を任せたら危険がない限り放っているし、その仕事ぶりが丁寧なことはもう分かっているから、いちいち声を掛けることもしない。だが、ラルフはどこか不機嫌そうな顔で、働くエトによく声をかけている。

もう休めとか、水を飲めとか、腹は減ってないかとか、サリからすればそんな判断は自分でできるだろうと思うようなことばかりだ。

自分の仕事もろくにできていないのに、エトが沢に水を汲みに行くことに気づけば後を追いかけていき、ひとつの水桶をふたりで持って帰ってきたこともある。

エトが自ら懸命に働いているのでやめろとは言わないが、ラルフはたぶん、エトが働いている姿を見るのが嫌なのだ。

その意識は、もしかしたら働くことが当然だと考えている子供にとってはとてもやさしいものかもしれない。

少なくとも、エトはラルフに声を掛けられて驚いた顔はしても嫌そうな顔はしない。

ほとんどラルフが持っているのだろう水桶の取っ手の端に手をかけて、並んで歩いてくるエトの表情は、緊張しつつもどこか嬉しげに見えた。

そんな風に、エトには思いやりを見せるラルフだったが、サリに対する尊大な態度は少しも変わらない。

「なんだ。なにか言いたいことがあるなら言え」

ラルフはサリから助言を受けるのは嫌がるのに、仕事がうまくいかなかった時には鋭い目つきをして必ずサリになにか言わせようとする。

別に、これまで経験のないことができないのは当然で、だからサリには仕事に対する助言以外にラルフへ言いたいことはなにもない。

けれど肝心のその助言だけは決して受け付けないのだから、やはりラルフは我儘で面倒臭い。

だがその日、見事に肉の塊を黒焦げにしたラルフが奥歯をぎりぎりさせながらそう言った時、サリはずっと心の中で考えていたことを口にしてしまった。

「あんたは、とても大事にされて育ってきたんだな」

「なにが言いたい」

サリに馬鹿にされたと思ったのか、たちまちラルフが気色ばむ。

「なにって、言葉のままだ。私には、ラルフがエトにするような気遣いを思いつくことができない。気遣うようなことを自分があの子にさせているという認識がないんだ。でもあんたを見ていたら、エトにはそういう気遣いが必要なのかもしれないと思うようになった。あんたがエトに気遣いができるのは、子供の頃同じように誰かに大事にされてきたからだろ」

淡々とサリが告げれば、険しくなっていたラルフの目に一瞬困惑したような色が広がり、その後不愉快そうに眉間に皺が寄った。

「その肉、周りの炭を削って落とせば中は食べられる。肉だろうと野菜だろうと、火に掛けている時はそこから目を離したら駄目だ。それに少し火が強すぎる。次はもっとうまく焼ける」

ラルフがなにも言わず黒焦げの肉を睨みつけているので、思わずサリがそう続けると、

「分かっている！」

といつもの反応が返ってきた。

とは言え、ラルフはどれほど文句を言おうとも、自分自身に苛立とうとも、サリが課した仕事を途中で放り出したことはない。

サリに対する意地か、エトの手前か。

とにかくサリには意外な驚きだったが、だからこそ仕事には直ぐに慣れるだろうと思った。実際、一通りの仕事をこなした後、ラルフはエトに助言を求めるようになり、小屋での生活に急速に馴染んでいった。

もちろん、小屋の周りに精霊たちが連日集まってきてやかましすぎて眠れないとか、小屋の床が固すぎるとか、虫が小屋まで入ってくるのが嫌だとか、夜が寒いだとか、魚を捌くのが気持ち悪いだとか細々とした文句が多いのは変わらなかったけれど。

オルシュの小屋での共同生活がなんとなく軌道に乗り始めると、サリはラルフに感謝すべき点があることに気づいた。

つまり、エトと会話するということにおいて。

サリとエトの会話はいつだって簡潔だ。

サリはもともと口数の多い方ではなく、他人の事情に気軽に踏み込めるほどの会話力はない。エトはもちろん、他者に対して積極的に喋る子供ではない。

エトの気持ちを落ち着かせ、できることなら楽しませてやりたいとは思ったが、友人と呼べるのはリュウくらいで、話術でも行動でも他人を喜ばせる術を知らないサリが、子供を楽しませる方法など知るよしもない。だが、精霊の声が聞こえる子供ならば、サリにも思いつくことはひとつだけあった。

　サリが子供の頃から親しんでいるこの山の、多くの精霊たちのもとへエトを案内したのだ。サリの遊び友達はいつだって精霊たちだった。

　小屋の前のクチナシの木が奏でる明るい音色。沢の大岩が満月の夜にだけ聞かせてくれる山の秘密。蓮の咲く池の水たちが歌う声。沢の中ほどにある平たい岩に寝転ぶと、時々水の精霊たちから聞いた話を寝物語に聞かせてくれること。背の高い二本杉の間に立っていると、風がその間を抜けてばらばらと葉を落としていくこと。小屋の先にあるクスノキの洞に入ると、やさしい音色で包み込んでくれてよく眠れること。

　そうして親しい精霊たちにエトを紹介し終えると、サリは黙って、エトが精霊たちの声を拾ったり、時折語りかける姿を見守るだけだった。

　エトも自分の感情を多く口にする方ではないから、サリを振り返り、「きこえた」と呟いてそれでおしまい。サリもそれに対して、「そうか」と応えるくらいだ。

　ラルフという、ふたりとは異質な存在がなければ、サリとエトにとっては非常に心地の良い穏やかで静かな、かと言って互いに踏み込むことのない日々がいつまでも延々と続いたに違いない。

　ひとりでいると暇なのか、サリがエトを伴って精霊の元を訪れようとすると、大抵ラルフもついてきた。

「ちょっと待て、今この岩が俺のことを『うるさいの』と言ったか？」

「……ラルフは声が大きい」

「そうか？　普通だろ。お前らがぼそぼそ喋りすぎなんだろ。エト、お前のことは『小さいの』って言ってるぞ。確かにお前はその年頃にしては小さすぎる。もっと食え」

「小さくない」

「いいや。小さいね。それに痩せすぎだ」

言いながら、川の飛び石から飛び石へ移ろうとしたエトをひょいと持ち上げてやったりもする。

「ただ運ぶだけだ。お前の主人を落としたりしない。そう騒ぐなよ。エト、大丈夫だってお前の石に言ってくれ」

たちまち硬直するエトに向かって声を掛けたのは、エトの白い石がラルフに対して怒ったからしい。

エトは白い石をリーシャと呼んでいた。サリのスクードと同じく多くを語らない石のようだが、エトの良き友人であることは、エトがリーシャに向ける視線からも、ラルフの態度からも感じることができた。

「まったく、主人思いの石だな」

ラルフに言われて、エトはリーシャを握り締めると下を向いてしまった。

エトとなるべく早く打ち解けて、その信頼を得たいと願っているせいか、サリと話すよりはエトを相手にする方が気楽なのか、恐らくはその両方の理由から、ラルフは小屋に来てからそれまでよりもより積極的にエトに話しかけている。

「これまでどこに住んでたんだ。親は？」

「しらない」

「知らないってどういうことだ」

「いない」

「周りにはなにがあった。すごく暑い所か、すごく寒い所か」

「山と川のあるところ。冬は雪がたくさんつもってさむい」

「曖昧だな。もっとなにかないのか」

エトが元々どこに住んでいたのかを尋ねることさえサリには思いつかない。必要な質問だとは思わないからだ。

「火付けにちょうどいい枝ってどれだ。ついでに火付けの仕方も見せてくれ。お前は本当になんでもできるな。どこで覚えた」

「一回で火がつかないとおじさんにすごく怒られるから。上手にできるよ」

「おじさんって誰だ。親戚か」

「しらない。おじさんは仕事をするとご飯をくれる人」

「……仕事ってなんだ」

「水汲みとかそうじとかせんたくとかいろいろ」

サリだったら事情を察し、決してそれ以上は問わないことでも、ラルフは躊躇(ちゅうちょ)なくどんどん踏み込んでいく。

「お前、薪割りもしたことあるのか。それもおじさんに言われたのか」

「薪割りはおばさんに言われた」

「おばさん？　誰だ」

「おばさんの家にはおじさんの家からいったよ。子守をしながら家の仕事をした」

「おじさんの家から通ってたのか」

「ちがう。おばさんの家にうつったの」

「どうして」

「わたしは小さくて、頭がおかしいから安かったんだって。よかったって」

日常のなにげない会話の中から見えてくるエトのこれまでの暮らしをサリはある程度予想していたが、それでも決して穏やかではない過去を知る度に気持ちが塞(ふさ)いだ。

問われるままに淡々と話すエトは自分の境遇がどれほどひどいものなのか、自覚すらできていないのだ。

時折、奥歯を噛みしめるようにしてエトの話を聞いていたラルフが、どんな思いで子供の言葉を受け止めていたのか。

エトの過去が見えるにつれ、ラルフがよりエトを構うようになったのは必然だった。

「……そうか。おい、水汲みに行くから手伝え。あいつら、お前にはおとなしいのに、俺のことは笑いものにするからな」

「ラルフが水にらんぼうするからだよ。心をこめておねがいしたらおいしい水のありかもおしえてくれるよ」

「サリは、精霊は滅多に人間の願いは聞かないと言ってたぞ。お前はよほど気に入られてるんだな。どうやってお願いするのか見せてくれ」

エトが黙り込んだり、自覚なく自身を貶める発言をしたり、少しでも辛そうな雰囲気を漂わせると、ラルフはすぐに話題を変えた。

二年も一緒にいたというのに、サリはラルフがそんな風に人と会話するのを知らなかった。

サリを相手に上から目線でしか話をしないラルフは、エトを相手にしている時は割合常識的で、相手への気遣いもし、話題も豊富だった。

そうして生活を共にするということは、心の距離も近くなるということなのか。

最低限の答えしか返すことのなかったエトは、次第に多くの言葉を口にするようになっていく。

「お前の好きなものはなんだ」

「山」

「どうして」

「たべものがあるし、みんながいるから」

「……そうか。山に入ったらなにを食べるんだ」

「この草はたべられるよ。とっても苦いけど。でもこのきのこはだめ。お腹がいたくなる。今の季節は赤くて酸っぱい木の実があるよ。さがしてこようか？」

「ひとりで行かなくていい。迷ったらどうする」

「まよわない。ここの山は、みんながサリのいるところをおしえてくれるから。風にきくといいよ。サリのところまでつれていってくれる」

「本当か？　あいつら、この前俺には別の道を教えようとしたぞ。厄介な奴らだ。昔サリと海辺の街で仕事した時も、なにが面白かったのか、あいつらが海上に浮かぶ帆船たちを次々と引っ繰り返そうとして本当に大変だったんだ」

帆船を知らなかったエトに、ラルフは地面に棒で絵を描いてどんなものか教えてやる。

「祭りのためにどの船も特別な刺繍飾りのついた帆が張られていて、サリが言うにはその帆が綺麗だから珍しがって風がはしゃいでいたらしい」

エトは納得したように何度も頷いた。

「風はきれいなものが好きだから。いっしょに遊びたかったんだとおもう」

「お前だったらそんな時はどうする」

「少しだけなら遊んでもいいけど、船はたおさないでねってお願いする。海には水がいっぱいあるんでしょう。海にもおねがいする。船をたおさないでって」

「サリと同じことを言うんだな」

エトが精霊の話にはよく食いついてくるせいか、ラルフは時折これまでサリとした仕事について口にすることがあった。ラルフはサリがもう忘れてしまったような昔の仕事内容についても細かく覚えていた。

そうして、その時サリが精霊たちとどんな風に会話したのかを詳しく説明するものだから、サリは密かに驚いてしまう。

あの時、風の精霊たちに呼びかけるサリをラルフがどれほど馬鹿にした目で見つめていたか。もちろん、エトに対してラルフはそんな素振りは微塵も見せない。

それでいて、ラルフがエトに魔法の話をすることはほとんどなかった。エトが魔法を、恐ろしいものとして認識していることをきちんと覚えているのだ。

やがて、十日が過ぎる頃には、エトはぎこちなくだが、時折小さくはにかんだような笑みを見せるようになった。

「今日、ラルフがはじめて大岩の声をきいたよ」

「そうか。なんと言っていた」

「『お前は偉そうだ』って。ラルフが『俺は偉そうじゃない』って言い返した」

「大岩にも分かるんだな」

「沢の水たちはラルフが行くとみんなふざけてとびかかってくるよ」

「大人げなくむきになるから、からかわれているんだろう」

エトはそれまで、追っ手を探るために精霊の声を聞き、その情報をサリに伝える時にしか自ら話しかけてくることはなかったのに、無口なサリに意を決したように語りかけてくることも増えた。

話しかけられればサリもそれに答えるから、自分もラルフくらいうまく会話できているような気持ちになる。

ラルフがいなければ、こうまで早くエトが変化することはなかったはずだ。そのことは、とても嬉しい。

だが。

「まだ、白銀のことを聞くのは早いかな、スクード」

その日の夕食の後、少し歩いてくると、ラルフとエトを残して外に出たサリは、洞のあるクスノキに背を預けていた。

手首に掛かる黒い石を目の前に掲げて語りかけるが、もちろん答えは聞こえない。

分かっていても、声が聞きたい。

寂しくて、額にスクードを押しつけるようにしてサリは呟く。

「オルシュだったら、どうしたと思う」

ここでの生活は今のところサリが想像していた以上にうまく運んでいるが、最終的な目的はデューカが再び追ってくる前にエトに白銀(しろがね)を解放させることなのだ。

近いうちに、必ずエトに白銀について問わなければならない。

「焦(あせ)って、あの子を傷つけるのは嫌だな」

サリは顔を上げると、クスノキの幹に耳を押し当てた。どれほど耳を澄ませても返ってくるのは静寂で、どうしても落胆(らくたん)してしまう。

自身の力を取り戻すことを渇望(かつぼう)しているのはなにもラルフばかりではない。

精霊たちの声を聞くことができないまま生活していくことに、きっとサリが耐えられない。

オルシュの小屋での生活はエトのためには間違いなく良い選択(せんたく)だったと思うが、サリにとってこうまで苦痛になるとは想像もしていなかった。

目に映(うつ)るなにもかもが懐かしく、慕(した)わしい景色だというのに、サリを取り囲むのは静けさだけだ。記憶の中では精霊たちの楽しげな声がいつでも飛び交い目の前の景色に色を添えていたのに、沢を歩いても、大好きな木々に耳を押し当てても、風が髪を揺らしても、大岩に寝転んでみても、なんの声も聞こえない。

早朝、真昼、夜中。

ひとりでいると、静けさが辺りに降り積もり、その静寂の中で言いようのない不安に襲われることがままあった。

街中では精霊の声はせずとも、絶えず人が発する声や音に溢れていたから、それに耳を澄ますことでやり過ごせていたのに。山にはあまりにも音がなさ過ぎる。

目の前でラルフやエトが精霊たちの声について語る度、そのことを強く羨み、精霊たちのいない世界にいるという現実を痛感してしまう。

よく見知った場所であるとは言え、精霊たちの声を聞かずに歩く山はサリには不自然で、道案内のない恐怖が密かにつきまとう。

困ったことが起きた時、周囲の情報を得たい時、精霊たちを頼ることができない不安。

精霊たちの声のない世界に身震いするような恐怖が込み上げてくると、ラルフとエトの声を拾うために耳を澄ませるようになった。いつでも世界の音を拾っていたサリは、誰かの声を求めずにはいられないのだ。

今も、クスノキから返ってくる静寂にひたひたと孤独が込み上げてきて、サリは閉じていた目を開くと足早に小屋を目指した。以前なら、一日中抱きついていても離れがたいくらいだったのに。

小屋の傍まで行くと、小窓からラルフの声が聞こえてきた。

ほっとして、周囲に居るであろう精霊たちに向けて静かにしていてほしいと口に人指し指をあてて示すと、ふたりの声に耳を傾ける。

「お前、ここの仕事で嫌なことがあったら言えよ。サリに俺が言ってやる。ほら、なんかあるだろ。今のうちに言え」

ラルフはエトにからかうような声で話しかけていた。

「サリにはなんにも言わないで。嫌なことなんかない」

必死といった体で答えるエトの声に、サリは小さく笑う。

「本当か？」

「本当。サリは失敗しても怒らないし、ご飯もいつもたくさんくれる。部屋の中で寝かせてくれるよ」

「そんなことは当たり前だ。なにか不満はないのか。嫌な気持ちがするとか、変な気持ちがするとか」

ラルフはエトになにかしら吐き出させたいらしい。

エトはしばらく考えていたようだが、やがて先程より静かな声が聞こえてきた。

「ここは、精霊のことを話してもサリもラルフもわたしを笑ったり怒鳴ったりたたいたりしないから、それがときどき変なきもち」

小屋の外からでも、その時ラルフがどんな表情をしているのかがサリにも分かるような気がした。きっと、不機嫌な顔をしている。

「精霊の声の聞き方をお前に教わっている俺がどうしてお前を笑うんだ。言わばお前は俺の師だ。師は敬(うやま)うもので、怒鳴りつけるものじゃない」

「〝し〟ってなに？　〝うやまう〟って？」

「つまり、だな」

エトに問い返されて、ラルフはしばらく悩んでいたが。

「大切に思うということだ」

エトはすぐに反応を返さなかった。しばらくして、なにか返事をしなければいけないと思ったのか、

「ふうん」

と呟いたが、きっとラルフの言葉は今のエトには届いていない。

それはラルフにも分かったのだろう。

「もう遅いから寝ろ」

言いながら仕切り布をまくる音がした時、エトの声が響いた。

「ラルフ、『じゅじゅつしのひろいご』ってサリのこと？」

サリは小さく息を呑(の)んだ。

「『呪術師の拾い子』？　なんだそれは」

「今日、風たちが話してた。山の下に住んでる人が話してるって。『帰ってきた』って」

エトの声に不安の色が混じっている。

「そんなこと言ってたか？　気にするな。ここには滅多に人も上がってこないとサリが言ってただろ。ほら、余計なことは考えずに寝ろ」

多少強引にエトを寝かしつける声がするのを聞きながら、サリは手首のスクードを握り締めるようにして、深く息を吐いた。

村人たちがサリの帰省に気づいたらしい。

エトのためにと人目を避けて小屋まで戻ってきたが、生活をしていればいつかは知れることだ。

今ならばサリひとりが一日小屋を離れても、エトはラルフとおとなしく待っていられるだろう。そのことを良しとすべきだ。

村人たちがこちらに余計な興味を持たぬよう、早めに対処しなければならない。

やっと小さな笑顔を見せるようになったエトを思い浮かべながら、胃の辺りがどっと重くなるのを感じ、サリは小屋の窓から漏れる明かりを見つめ奥歯を噛みしめた。

サリが山裾にある村に挨拶に下りてくると小屋を空けた日、エトは始終ラルフの傍を離れず、落ち着かない様子だった。

無理もない。

その日は、小屋の周りに集う精霊たちもいつもと様子が違っていた。

山に入ってしばらくはあまりの精霊たちの声の多さにひとつひとつの声を拾うことも困難になっていたラルフだが、サリが言っていた通り、小屋に着いて数日を過ごすうちに耳が慣れてきた。

それでも、エトが聞き取っているほど多くの声を、ラルフは正確に捉えることはできない。

それほどこの小屋や山に存在する精霊の数が多すぎるのだ。

エトによれば、サリがいるから精霊たちが集まってきたということらしい。

実際、この場所に訪れた日に目の前で起きたできごとを、ラルフは忘れることができない。

――サリ！

――我らの幼子が帰ってきた！

――おかえり、我らの愛し子。

――どこまで行っていたんだい、サリ！

――帰ってきた！　帰ってきた！

突如、恐ろしいほどの強風がラルフたちに吹き付けたかと思うと、山全体が揺れているのかと錯覚するほどの歓声が押し寄せてきたのだ。

ラルフの脳が揺れ、たちまち音酔いして視界も揺れたが、これはなんだと振り返った先にあった光景に言葉を失った。

サリの長い髪が解かれ、風に煽られたそれが羽のように宙に揺らめいて、どこか虚ろに空を見つめるサリの周りに、色とりどりの花が降り注いだのだ。

サリの口元は小さく微笑んでいるように見えたが、感情を映さない瞳がひどく心に残った。精霊たちの歓迎を前に、喜びに溢れた表情には見えなかった。

それでも、これらのできごとはサリがこの地でどれほど精霊たちと親しい存在なのかを強烈にラルフに知らしめた。

サリに彼らの声が聞こえぬことは精霊たちの間で直ぐに認識されたようだが、それでもサリの元を訪れ、話しかける精霊は多くいた。

サリに悪態をつくラルフが今日まで無事に過ごせているのは、恐らくサリが、この山の方々の精霊たちにエトを紹介してまわった際に、ラルフのこともまとめてよろしく頼むと言ったせいだろう。

――サリが初めて人間を連れてきた。

――小さいのはサリにそっくりだ。

――大きいのは騒がしいな。

好奇心旺盛な風や水の精霊たちにたちまち囲まれて、好きなように言われ続けた。だからと言って、こちらが話しかけるとあっと言う間にどこかへ散ってしまい、ラルフと会話をする気はまるでないようだ。

精霊とはそういうものだと言われていても、やはり馬鹿にされているようで腹立たしく、以来ラルフは、自分の石を除いて精霊たちに話しかけてはいない。

そんな態度が面白いのか、精霊たちは時折ラルフをからかうようになったが、エトに対してはまるで違う態度を見せる。

彼らは、いつもではないにしてもエトの声にはそれなりに応え、エトを見守っているような節さえある。風たちなどは夜が明ける頃になると小屋の上に集まり、エトにおはようと声を掛けたりする。エトが目覚め、顔を洗うために表に出るとそのくしゃくしゃの髪をかき混ぜて去っていくのが日課だ。

またきまぐれにやってきては、珍しい鳥が沢の向こうにいるとか、美味しい木の実が西側にあるとか、崖下に綺麗な花が咲いているとか、罠に魚が掛かっただとか、そんなことを絶えず小屋周りで話してもいる。

だがサリが村に下りていったその日、小屋周りは奇妙に静まりかえっていた。風たちからの朝の挨拶はいつも通りに行われたが、サリが村まで行ってくると告げて小屋を出てから、明らかにどの精霊たちの声もしなくなったのだ。

最初は、サリについて行ったのかと思った程度だったが、エトがラルフの服の裾を握り締めた辺りで異変に気づいた。

ここに来て、エトとはかなり打ち解けたとは思っているが、エトからラルフに触れてきたようなことはこれまでに一度もない。

「どうした、エト。なにか聞こえたのか」

ラルフには聞こえない声や音を、エトが拾うことは珍しくない。サリと同様に、エトの耳は恐ろしく良いのだ。

最近はこうして声を掛ければ、ラルフを見上げて目を合わせて話すようになっていたのに、エトは前方を見据えたままラルフの服の裾をただ強く握り締めている。

「サリが」

そして呟いたかと思うと、エトは裸足のまま小屋を飛び出した。

突然のことに出遅れたが、ラルフも慌てて後を追う。

小屋を下ったところにある沢を越え、その先を更にずっと下っていくと村に通じる道に出るとサリから言われている場所があった。長い間使われていないそこはすっかり草で覆われて道など見えないが、目印となる巨岩があり、サリはエトにここより先には進まないことと言い含めていた。

サリの言いつけは必ず守ってきたエトが、躊躇いなくその巨岩を通り過ぎようとするところでラルフはぎりぎり追いつき、少女を抱き留めた。

「サリ！」

巨岩の向こうに広がる人影のない木々の間を見つめ、エトの叫び声が辺りにこだまする。

「サリ、行かないで！　帰ってきてサリ！」

「エト、どうしたんだ。サリになにかあったのか？　落ち着け。なにを聞いたんだ」

「サリが泣くって」

言いながら、エトの瞳から大粒の涙がいくつもこぼれ落ちた。

意味が分からず、ラルフは顔を顰めた。

「サリが？　どうして」

「わからない。でも、みんなが言ってる。『行くんじゃない』って。『泣いて帰ってくるよ』って。サリはどこに行ったの。サリが泣くのはいやだ」

泣きながら叫ぶエトをどうしたらいいのか分からず、ラルフはその小さな体を抱き上げた。裸足の足は泥だらけで、冷たくなっている。

「ジーナ、どういう意味だ」

泣き続けるエトを抱いて小屋への道を戻りながら、ラルフは低い声で問うた。

――その子が聞いた通りよ。サリが村へ下りたから、あの子を知る精霊たちが騒いでいるの。

凜とした声はラルフの胸元に下がる水色の石から発された。

ジーナというのはこの石の精霊の名だ。ラルフが名付けたわけではなく、本人がそう呼べと名乗ったのだ。

石に向かって名を呼んでいることをサリに知られるのはなんとなく嫌で、サリの前で呼んだことはないが、そうするとこの石はへそを曲げて返事をしなかったりする。

けれどサリやエトの代わりに、ジーナが精霊の声について教えてくれることもままある。

「何故騒ぐ。あいつは昔からここに住んでいたんだろう」

――そうね。あなたが、さんざんサリに、人が住む場所ではないと言ったこんな場所にね。

含みを持たせた言い方に、ラルフは眉を顰める。

「……どういう意味だ」

考えながら歩くが、沢の前でラルフは一度足を止めた。

「今日はふざけてくれるなよ。エトを抱えている」

流れる水たちに一応声を掛けたのは、ラルフが沢に入ると足を捕えようとしょっちゅうぶつかってくるためだったが、その日はこちら側へ渡った時もまるで反応がなかった。

代わりに、周囲の風や水の精霊たちがラルフの存在などそっちのけで話している。

――呪術師の拾い子の話を皆がしている。

――怖がっているんだよ。

――あの無力な子を？

――そうさ。

――だからサリは行った。そこにいる小さいのを守るために行った。

――サリは強い子だよ。

――オルシュはどこに行った。

――オルシュはもういない。火になり、水になり、土になり、風になった。

――サリはまたひとり。

――今は我々の声も聞こえない。

――あの子をひとりにしてはいけないのに。

――サリは昔よりもっとひとり。

次々と耳に飛び込んでくる声に堪らず、ラルフは叫んだ。

「おい、それは一体どういう——」

びゃっと、水が跳ねてラルフの顔を打った。

——何故お前はサリをひとりで行かせた。

——なにも知らないいんだもの。仕方ない。

好き勝手に言いながら遠のく声に、ラルフは眉を顰める。

村へ帰郷の挨拶に行ってくると言ったサリの様子は普段と変わりなく、付き添いが必要な用だとも思えない。

何故これほどまでに精霊たちが騒ぐのだろう。

「『ひろいご』ってなに？　サリは怖いところへ行ったの？　ラルフ、サリを村に行かせないで」

ラルフの肩口で顔を上げたエトが、水たちの声に反応してまた泣きながら問うので、ラルフは慌ててその場を離れた。

小屋に帰ってからも体を緊張させて、全身で精霊たちの声を拾い集め、ふらふらと小屋を出て行こうとするエトを落ち着かせるため、ラルフは洞のあるクスノキにエトを抱えて走った。

ラルフは木に耳を押し当てるような真似はしたことがないが、エトはそのクスノキをとても気に入り、サリに洞に入ってもいいかとよく聞いていたのを思い出したのだ。

いい音がする、とサリは言っていた。洞に入っていると、守られているみたいで安心する、と。

「エト、よく聞け。俺が今からサリを迎えに行ってくる。だからお前はここで留守番だ。できるな。俺たちが帰ってくるまで、絶対にここから出るんじゃないぞ」

洞に小さな体を押し込めるようにすると、エトはやっとラルフの顔を見た。

「サリが泣かないようにしてね」

一体、村でなにが起きようとしているのか見当もつかないが、サリについて語る精霊たちが嘘をついているとも思えない。

分かったとラルフは頷き、その場から村への道に向かって駆け出した。

サリの中にはラルフの魔法の力がある。サリは未だ自在に使いこなすことはできていないが、身の危険を感じれば力を発動させるはずだ。

そんな事態に陥(おちい)っていないことを祈るしかないが。

巨岩の脇を過ぎ、草を踏み分けてどこまでも山を下り、木々の間を進み続け、自分は道に迷っているのではと思いかけた頃、精霊たちの声に助けられた。

――そのまま真っ直(す)ぐよ。

――サリに比べて歩みが遅すぎる。

――サリはもう村に着く頃よ。急いで。

ラルフが村を目指していることに気づいた精霊たちは、驚くほど親切で頼りになる道先案内人になった。

声の赴(おもむ)くままに駆け下りると、久しぶりに整備された道に出た。

そのまま道を下っていけば村だと精霊が教えてくれたので、ラルフは真っ直ぐ村への道を進む。

そうして山肌を縫う坂道の終わりに、ラルフは村の入り口を見つけた。

櫓が組まれた奥に、集落が見える。

昼間だというのに人の姿がどこにもない。

――一番奥の大きな屋敷にいる。

――急げ。

背後から吹いた強い風が、ラルフの頭を小突くように押していく。

やめろ、と文句を言いながら家々の建ち並ぶ間を進んでいくが、どの家からも人の気配がせず、村の人間は一体どこに行ったんだとラルフは不気味な気持ちになった。

「どうしてこうも人の姿がないんだ」

「あんた誰？」

思わず発した呟きに声が返り、ラルフは肩を揺らして背後を振り返った。

今通り過ぎた家の扉の影から、子供の顔が三つ覗いている。

「きっと街から来た人だよ。着ているものが違う」

「誰を訪ねてきたの？」

外部からの客が珍しいのか、子供たちは好奇心いっぱいの表情でラルフを見つめ、思ったことを好き好きに口にする。

「今は大人は誰も家にいないよ」

「皆、村長の屋敷に行ってるんだ」

「〝山崩し〟が来たからね」

「俺も見たかったな」

「ばか！　見たらひどい目に遭うかもしれないんだぞ」

「でも、それなら大人だけ行くなんてずるいよ。ぼく、村に入ってきた時にちらっと見たけど、〝山崩し〟って普通の人間みたいだった。若い女の姿だったよ」

脱線していく子供たちの会話にラルフは表情を改め、努めてにこやかに彼らに向き合った。

「なんだか面白そうな奴が村長の屋敷を訪ねているんだな。大人は皆、そいつを見に行ってるのか？　見世物師か？」

ちがう、と一斉に子供らは首を振った。

扉の影に隠れていた三人が、ラルフの周りにわらわらと集まってくる。

辺りを窺うと、年嵩のひとりがラルフに耳を貸せという仕草を見せた。ラルフはその場に片膝を突く。

とても重大なことを告げるという緊張感を漂わせながら、自身の口の周りに両手で筒を作った少年は囁いた。

「化け物だよ」

「……化け物？」

ラルフが口にした途端、風がびゅっと吹き、少年とラルフの頭を嬲った。

少年は目を丸くしたラルフの顔を覗き込んで深く頷いてみせる。

「そいつはまだ俺たちが生まれる前に、ここから山みっつかよっつ離れた村を、山を崩して埋めたんだって」

「たくさんの人が死んだって」

「あいつは村から逃げて、あの山の呪術師に拾われたんだ」

「呪術師？」

精霊たちがそんなことを喋っていたと、エトが話していた。

「オルシュっていうすごく怖いお婆さん。めちゃくちゃ苦い薬を作るんだ。作物を植えたり、収穫するのに良い日を占ってもくれてた。二年前に死んだけど」

「……どうしてその呪術師が、化け物を拾ったんだ」

年嵩の子ばかりが話すのに焦れたのか、頭ひとつ背の低い子供がラルフの前に飛び出してきた。

「そりゃあ、これ以上〝山崩し〟が悪さをしないよう見張るためだよ。実際、〝山崩し〟は呪術師といる間はなんにもできなかったって。オルシュは化け物だって従える、すごい呪術師だったんだ」

何故か子供らが自慢げに胸を張るが、ラルフは次第に剣呑になる自身の視線を地面に落とし、子供らの話を整理した。

どこかで聞いた話だった。

ジーナの言葉が脳裏に甦る。

何故、人も容易には上がってこないような山奥にサリたちは住んでいたのか。

デューカの〝鑑賞会〟に出品されていたエトはなんと紹介されていた？

住んでいた村に災いをもたらした化け物と言われてはいなかったか。

あの時、その子は化け物ではない。精霊使いだと叫んだのはサリだった。

エトの話は、そのまま、サリの話でもあったということか。

そんなサリの過去を、ラルフはこれまでに一度も聞いたことがない。

「……だが、その化け物は呪術師が死んだ後もなにもしていないだろう？　本当に化け物だったのか」

無邪気に語る子供らに矛盾をついてみせたつもりだったが、

「それがオルシュの守護の凄いところなんだよ。オルシュは自分がいなくなっても、恐ろしいことなどなにも起きないから安心して暮らしなさいって、村長に言っていたんだって。それって、オルシュが死んだ後も〝山崩し〟が悪さできないようにオルシュがなにかしてくれたってことなんだよ。この山も村も、オルシュに守られているんだ。だからオルシュが死んだ後だって、〝山崩し〟はなんにもできずにどこかに消えたんだ」

心の底から信じている子供らの目を見て、ラルフはリュウの話を思い出す。

未だこの国の地方に根強く残る精霊使いたちへの差別と偏見について、リュウはラルフに語って聞かせたのだ。

すべては多数決だとリュウは言っていた。その地で、人々が信じたい事実が真実として扱われると。

魔法使いでもないサリに山を崩す力などないことをラルフは当然知っているが、そのことをいくらここで説明しても受け容れられないだろう。今その事実を肌で感じている。

「でもそれなのに、帰ってきたんだよ！　〝山崩し〟が！　急に！」

「何しに来たのかな」

「分からない。だから父ちゃんたちが皆で〝山崩し〟が悪さしないか見極めに行ってるんだろ」

「やっぱりこっそり見に行こうよ」

「ねえ、兄さんも化け物見てみたくない？」

怖いもの見たさでいっぱいの、溢れんばかりの笑顔で言われて、ラルフはとうとうその場から立ち上がった。

と、向かおうとしていた先から、ぞろぞろと人がこちらに向かって歩いてくるのが見える。

その集団の先頭に立っているのが、サリだった。

「やべ、隠れないと」

「あいつだよ」

「あいつが化け物！　〝山崩し〟！」

子供たちが叫びながら家の中に入っていく声を聞きながら、ラルフはその場でこちらに歩いてくるサリを待っていた。

それは異様な光景だった。

足下に視線を落としているサリは、まだラルフの存在に気づいてはいない。

その背後から、一定の距離を空けて村人たちが険しい表情をサリに向けながらついてくる。

サリのすぐ後ろを男たちが、その更に後ろを女たちが。

男たちはサリが妙な真似をすまいかと目を光らせているが、女たちは誰もが心配そうな顔をして、ひそひそと話し合っている。

（どうして急に帰ってきたりなんか）

（オルシュの弔いにとは言っていたけれど、本当のところはなにをしに来たんだろうね）

（あのなにを考えているのか分からない無表情、ちっとも変わってないね）

（笑いもしないんだから、不気味だよ）

（拾い子のくせに、昔から生意気な顔をしていたよ）

（村長に対するあの偉そうな物言いを聞いたかい？）

（子供たちに当分山へ入らないように言っておかないと）

ラルフの元までその声が届くということは、サリはすべてを背中で聞いているということだった。

小柄なサリの背に刺さる無数の敵意と恐れに、ラルフは奥歯を噛み締めた。

ひどくぞっとする光景だった。だからラルフは思わず声をかけてしまった。

「サリ！　帰るぞ」

ざわりと、サリの背後に居た人々が一斉に顔を上げた。

「ラルフ」

サリがぽかんとした顔をしてラルフを見ている。その顔を見た瞬間、ラルフは何故か猛烈に腹が立った。

「呆けた顔をしてないで早く来い」

「あ、ああ」

ここにラルフがいることがよほど意外だったのか、サリは珍しく驚いた顔のまま小走りで駆けてきた。

「お、おい！　あんた一体誰だ」

サリの後ろにいた連中がラルフを認めて騒ぎ出す。そのまま振り返らず行くつもりだったが、ふと気が変わって口を開いた。

「同僚だ」

ざわりとどよめく背後に鼻を鳴らし、ラルフはサリと共にその場を立ち去った。


「ラルフ、エトはどこに……」

再び山に入り、人の気配がなくなったところでそわそわとラルフの様子を窺っていたサリがようやく口を開いたが、ラルフは最後まで言わせなかった。

「どうして突然村に行ったりした」

腕組みし、サリの前に立ちはだかると、サリは困ったようにその場に立ち止まった。

いつもはラルフに細々と文句を言う風の精霊たちも、今はなにも言わない。

「ラルフは、どうして突然村に来たんだ」

答えたくないのか、サリは問いに問いで返してきた。

「お前の周りの奴らが騒いで、エトがお前を呼び戻そうと村まで行きそうになったから、俺が来た」

そのラルフの答えに、サリはばつの悪そうな顔を見せた後、表情を改めた。

「精霊たちはなにを言っていた」

「お前が泣くと」

ふっと、珍しくサリが苦笑する。

「精霊たちは、私が大人になったことが理解できないんだ。まだエトのような子供だと思っている。村に行ったからと泣くようなことはなにもないのに」

サリは本心で言っているように見えたが、ラルフには理解できない。

あの悪意と猜疑、恐怖の視線に晒されて、本当にサリは平気だと言うのか。

思わずまじまじとその顔を見つめていると、サリの方から問うてきた。

「……他にはなにを聞いた」

「お前が、呪術師の拾い子だと」

エトが待っているなら早く帰ろうと、サリはラルフを促して山道を歩き始めた。

「ああ。私はこの山で、オルシュに拾われたんだ。この辺りじゃ誰もが知っていることだ」

「俺は知らなかったぞ」

「……聞かれたことがないからな」

きょとんとした顔でサリが言うので、では聞けばなにもかも答えるのかと、ラルフは口を開いた。

「親は、山が崩れた時に死んだのか」

先程の村の子供たちの話を組み合わせていけば、それがラルフにとって理解しやすい話だった。

山崩れによって住む場所も両親も失い、この山を彷徨っていたサリがオルシュに拾われる、そんなところだろうと。

エトを見ていれば、サリも子供の頃から耳の良い精霊使いだったことは容易に想像できる。山が崩れることを事前に知り、それを声高に叫んで、サリが山を崩したなどという誤解が生まれたのだろう。

「本当に皆、お喋りだな」

はっと、サリは小さく息を吐いた。深緑の目がラルフを見上げる。

「親はたぶんまだ生きているはずだ。私たちが住んでいた村の山が崩れた後、親が私をこの山に置いていった。ここに居なさいと言われて、そのまま戻ってこなかった。この辺りで精霊使いについて正しく知っている人はまずいない。集落の中で、私のような子供を育てることはとても困難だったんだろうと思う。山崩れのことで周囲の人から随分責められていたのを覚えている」

前を向くサリの目は凪いでいて、感情を悟らせない。

「それでも私は運が良い。オルシュに拾われたからな」

サリは恐らく、エトと自分を比べたのだろう。

なるほど、サリとエトには驚くほど多くの共通点があるのだ。エトが無口なサリに懐くはずだと、今更、ラルフは納得した気持ちになった。

だが、淡々と語られるサリの過去にかける言葉など、ラルフはなにひとつ持っていなかった。

ラルフに許されているのはなんの感想も述べず、ただ聞くことだけ。

「何故お前の養い親はお前も呪術師として育てなかった」

村人に尊敬されている呪術師の養い子ならば、サリは受け容れられていたはずだ。

「そうしようとしてくれていた。私を拾ってからはずっと、オルシュの弟子だと言ってくれて。でも、いつだったか。私が生まれた村の住人が、ここの村を訪ねてきたことがあって私の素性が知れたんだ。オルシュはきちんと私を庇ってくれたが、一度流れると噂というものは消えないみたいだ。特に、私の生家があった村のその住人は土砂で家族が埋まったらしくて、悲しみを誰かにぶつけずにはいられなかったんだと思う」

「だからって、それをお前に受け止めさせるのは筋が違う」

「そうだな」

サリの打った相槌に、ラルフは軽い羞恥を覚えた。そんな正論がまるで意味を為さない現実を、サリは長い間受け止めている。

「それなのに、どうして村に顔を出したりしたんだ」

精霊たちの騒ぎようを思えば、恐らく、子供の頃のサリは村人たちのひどい態度に泣いたのだ。その思いが今は消えたりするだろうか。

「はっきりと、私が山に帰ってきたと示しておきたかったんだ。そうすれば、彼らは私を恐れて当分山には入ってこなくなる。やっとエトが落ち着いてきたんだ。村の人間に、エトを会わせたくない」

きっぱりと、サリは言った。が、その後でラルフの顔を見上げて少しだけ顔を歪めた。

「ただあんたが私の同僚だと言ったのはまずかったな。あんたもひどく言われるかもしれない」

自分のことを棚上げしてラルフの心配をするサリに、思わず笑ってしまう。

「あいつらがお前を恐れているなら、同僚の俺も加わればますます山を恐れることになる。エトのためになっただろ」

「それもそうか」

あっさり納得して、サリは頷いた。

「エトがひどく心配していたから、帰ったら安心させてやれ」

今もきっと、エトはクスノキの洞の中でおとなしく待っているだろう。精霊たちがサリの帰りを知らせてくれているといいのだが。

「あんたは随分エトに甘くなったな」

どこかからかうような視線を向けるサリに、ラルフは反論しなかった。

エトの過去を知る度、信じられない思いを幾度もしてきた。

だからこそ自身の力を返してもらうことよりも、今はあの子供が屈託なく笑うところが見てみたいと思うようになっている。

ラルフは隣を歩くサリの横顔を眺めた。

サリの過去は、今日初めて知った。

深緑の目がいつも、人よりも精霊たちの姿を追っていた理由が少しだけ知れた気がする。

「お前はどうして、公安局に入ったんだ」

人にひどい目に遭わされた精霊使いは、人を助ける組織には入らない、とリュウは言っていた。サリは明らかにそれに該当するはずだが、こうして公安局に入っている。

急に妙なことを問うても、サリは笑わなかった。ラルフのよく知る淡々とした口調で真面目に答える。

「私の声が届く場所に行ってみたかったんだ。本当に届くのか、確かめてみたかった」

どうだった、と聞きかけてラルフは止めた。サリのパートナーはラルフで、サリの声を受け止めるのがラルフの仕事だったからだ。

精霊使いが、どんな思いを抱いて仕事をしているのかなど、考えたことがなかった。ましてやサリの気持ちなど。

「そうだラルフ。もう一度私に魔法の使い方を教えてくれないか。村人たちのこともあるから、万が一を考えて、簡単な目くらましくらいの魔法は使えるようになっておきたいんだ」

ラルフの逡巡には気づいた様子もなく、サリは話題を変えた。

「ああ、分かった。エトが寝た後でやろう」

その話に乗ったラルフに、そうだなと頷きながら、サリの目が少し泳いだ。

「それから、迎えに来てくれてありがとう。びっくりしたけど、嬉しかったみたいだ。エトが待ちくたびれているだろうから、早く行こう」

早口で他人事のように言って、早歩きになる。

その様がなんだか、すごくエトに似ていると思って、ラルフは小さく笑ってしまった。

「局長、カルガノ局長！　見つけました」

「大変なことになりそうです」

王都ザイルの守護の任につく公安精霊使いイーラとジジが青い顔をして局長室に飛び込んできたのは、魔物に関する情報を集めよというデューカの命を受けてから十日後のことだった。

デューカの〝鑑賞会〟はもともとが秘密裏に開催されており、今回魔物が現れた〝鑑賞会〟は特に箝口令（かんこうれい）が敷かれることになった。

よって魔物に関して、公安局が所蔵する過去の文献をあたるにしても、その人選は限られてくる。

結局、魔物が降臨した〝鑑賞会〟に警備要員として招集されていた公安精霊使いたちに任務を授けることになったのだが。

「もう見つかったのですか。早いですね」

詳（くわ）しく話を聞いてみれば、魔物が現れたのはほんのわずかな時間で、容姿が信じがたいほどに美しいという他は、魔法に似た力を使って人を攻撃し昏倒（こんとう）させたという情報しかない。

ならば王国ランカトル建国時からの記録が残っているという、魔物を記した書物を丹念に調べていくのは骨が折れる。カルガノはそう思っていたのだ。

驚くカルガノの前に、ふたりはそんなことよりもと、古びた書物を広げてみせた。

「局長、ここです。この項目」

「〝魂喰い（たまぐ）〟〝心喰い（こころく）〟ですか？」

話に聞く魔物を示す名にしては物騒だ。

カルガノは示された箇所（かしょ）を興味深く読み始めたが、直（す）ぐに丸い眼鏡の奥の瞳を鋭くさせた。

「これは……」

イーラが重ねて説明する。

「〝心喰い〟という魔物は、どこからともなく現れて、呼び出した者の願いを叶えるのだそうです。この時、魔物を呼び出したのも子供です。奴隷（どれい）であるという記述があり、ある日美しい魔物を従えるようになったと。しかしその後、魔物は主人であった子供を害したようです」

痛ましげな顔をしたイーラの後を、ジジが引き継いだ。

「問題はその後です。主人を害した後、この魔物が暴走したと。主人と共に在（あ）る時には人語を解していたらしいのですが、主人を害した後は真の魔物そのものとなり、周囲の人々を次々と襲ったそうです。襲われた人々は皆、命こそありましたが、心をなくし、まるで人形のようになったと。魔物の暴走により、村ひとつが実質的に壊滅状態になったようです」

「この魔物が、〝鑑賞会〟の魔物と同じものだと断定する根拠はなんですか？」

カルガノの問いに、イーラとジジは互いに顔を見合わせ、困ったように笑った。

「断定、とまではっきりと言い切ることができませんが、この書物に書かれた魔物たちに関する記載の中で、人の形をとっているものはまず、ごく少数です」

「その中でも、言葉を連ねて美しいと描写されている魔物は〝心喰い〟だけです。実際、〝鑑賞会〟に現れた魔物は本当に美しかった。男の俺が見惚れたほどです。デューカ様がご執心なさるのも無理はないと思えるほどに」

ジジの真剣な表情に、カルガノは軽く頷いてみせた。

「外見もここに書かれているものと似ているのです。長く美しい髪や白皙の面。私はすぐに、〝鑑賞会〟の魔物のことを思い浮かべました」

イーラはそう告げた後、一度躊躇うように口を噤み、だが毅然と顔を上げてカルガノを真っ直ぐに見つめた。

「局長、サリとラルフは、魔物の力によって倒された後、王都守護の任を解かれましたよね。魔物の力による後遺症が原因とか。ふたりの後遺症とは、どのようなものなのですか。ふたりは、あの魔物に心を喰われたのではないですか？」

サリとラルフの王都守護解任について、多くの人が憶測を重ねていることはカルガノも知っていた。表向き、業務上の負傷ということになってはいるが、事情を知る者たちはなにが起きているのか、より詳しいことを知りたがった。

心を喰われる。

この文献に書かれた症状とは違うが、確かにそうかもしれないとカルガノは思った。

サリとラルフは、ふたりの柱とも言うべき力をそれぞれに失ったのだから。

「幸い、イーラの心配するようなことにはなっていませんが、今後の業務遂行が不可能なほどの致命的な傷を負ったことは確かです」

イーラはほっとしたような、複雑な表情を見せた。愛情深い精霊使いで、サリのことは殊の外心配していた。

「公安魔法使いとして優秀な力を持つラルフが、あの魔物の力を前に為す術もありませんでした。しかし、もしあの魔物が本当に〝心喰い〟なのだとしたらこのまま放置しておくわけにはいかないかと」

硬い顔をして進言するジジの言葉はもっともだった。

災いの芽を見つけ災いが大きくなる前に摘み取ることが、公安局の仕事である。

カルガノの脳裏に、サリの顔が浮かんだ。

『サリをひとりにしないでおくれ』

死の間際にそう手紙をよこした古い友の顔も。

『あの子は心の奥に今もバクを飼っている。あの子が二度とバクを求めないよう、あんたが面倒を見ておくれ』

オルシュとの約束を守りたいと思う。だが。

「ただ、この文献に魔物を消滅させるための有効な手段は書かれておりません。この時は、魔物は村ひとつ分の人間の心を喰った後、自滅したようなのです」

「更に調べを進めるつもりですが、魔物を呼び出した子供の居場所を早急に突き止め、被害が大きくならぬうちに対策すべきかと思います」

「カルガノ局長、ご指示を」

強い声で願われ、カルガノは呻きたくなる気持ちを抑え、

「わかりました」

と穏やかに答えた。

「サリ、泣いてなくてよかった」

クスノキの洞の中で、エトは白い石を手のひらに載せて小声で話しかけた。

――エトは本当にサリが好きだね。

白い石——リーシャのやさしい声に、エトは強く頷く。

「好き」

エトは生まれて初めて、何にも怯(おび)えることのない日々を送っていた。

サリとラルフと暮らす小屋にも、周囲の山にも、恐ろしい人は誰もいない。恐ろしい音もひとつもない。

ラルフは、前はとても怖かったけれど、今はそんな風には思わない。

これまでエトが人から何か問われる時は、はいかいいえ、ですべてが済んだ。

『お前、子守はできるかい？』

『はい』

『おいちび、飯は作れるか』

『はい』

『どぶさらいはしたことあるか』

『いいえ』

こんな具合。

余計なことを口にすればたちまち殴られたり、食事がなくなったりする。精霊と話しているのが見つかると最悪だ。

頭のおかしい、気味の悪い子だとさんざん殴られた後、外に放り出され、またご飯をくれる人が変わるのだ。

　今まではそれが普通だと思っていた。

　だが、ここではすべてが違う。

　ラルフはエトに、はいといいえだけでは答えられないことをたくさん聞いてくる。エトの行ったことのない場所や見たことのないものの話をしてくれる。

　仕事をしているといつの間にか傍にやってきて、手伝ってくれる。食べるために働くのは当然のことなのに、ラルフが度々『お前は偉いな』と言うのが不思議で、でもちっとも嫌じゃない。

　ラルフもサリも精霊たちが喋ることを知っているし、エトが精霊の声を聞いても気持ち悪がったりしない。

　エトの仕事量が少なくても、食事が減らされることもない。それどころか、小さいのだからもっと食べろとお代わりまで出してくれる。

　土間や納屋ではなく、皆と同じ部屋の中で、誰かと肩を寄せ合って眠るのも初めてで、どきどきした。

「しっかり眠るんだ。おやすみ、エト」

　サリが、眠る前にそう言ってくれるのを聞くのがエトは好きだ。

　サリはラルフのようにたくさんは喋らない。

ここでエトとラルフに仕事を割り振るのはサリで、けれど誰よりもサリがたくさん働いている。

サリはラルフのようにエトの仕事を手伝ったりはしないけれど、仕事が終わったと告げると、『ありがとう、お疲れ様』と言ってくれる。その時に、少しだけサリの口が笑った形になるから、それを見るとエトは嬉しい。

ラルフはエトに、よくつらいことはないかと聞いてくる。サリに言いにくいことがあればラルフに言えと言う。

つらいことなどなにもない。

サリを前に言葉が詰まるのは、変なことを言ってサリを怒らせたり、悲しませたりしたくないからだ。

サリは初めて会った時からずっと、エトにやさしい。

エトに、生まれて初めて〝エトのもの〟を与えてくれた。

とても綺麗でやさしい声のする白い石。

リーシャと呼ぶと、いつでも返事をしてくれる。

ラルフは、大好きだったクスノキを首から提げられるようにしてくれた。

もう木の音色はしないけれど、安心する。

これまでなにも持っていなかったのに、ふたつも〝エトのもの〟があるなんて夢のよう。

このまま、ここでずっと過ごせたらいいのにとエトは思う。

サリとラルフの力が入れ替わったから、今こうして三人でいることを、エトはきちんと理解している。

サリが時々手首の黒い石を見つめていることも知っているけれど、精霊の声ならばエトがいくらでも伝えることができる。

きっと、ふたりの力を元に戻してしまったら、ふたりは山を下りて、また人のたくさん住むあの場所へ帰っていくはずだ。
（シロ）
心の中で、エトは白銀に呼びかけた。

ずっと我慢していたけれど、最近では白銀に話したいことが増えて、よく呼びかけてしまう。

まだここに来てはだめだよと思いながら、白銀の姿を思い浮かべる。

ここに、白銀がいたらいいのに。

サリとラルフとエトと白銀。

皆で、この山で暮らすことができたらいいのに。

心の底から、エトは思う。

初めて会った時、エトをひとりにはしないと告げた白銀は、きっと今のエトを見たら笑ってくれるだろう。

（会いたい）

白銀に、会いたい。

エトは強く願った。願ってしまった。

「やっと呼んだね」

洞の外に不意に白い光が溢（あふ）れ、懐かしい声に表へ顔を覗かせた瞬間、エトはふわりと抱き上げられた。

「……シロ！」

エトを見つめる穏やかな笑顔。銀色の髪がゆるやかに空を舞っている。

反射的に白銀の首に抱きついて、エトは泣き笑いの表情を見せた。

ここに恐ろしいものはなにもない。

白銀がいて、サリがいて、ラルフがいる。

ずっと、ずっとここで、皆とだけ暮らしていたい。

エトはこの幸せが続くよう、白銀の胸の中で強く願った。


（見たか？）

（見た！）

（いきなり人が現れた！）

（銀色の髪だ。人間じゃない）

（〝山崩し〟の仲間だ）

（化け物ってこと？）

遠く離れた樹上から、サリたちを窺う小さな影があることに、エトは少しも気づかなかった。

―魔法使いラルフの決意―

その日、昼から姿を見かけないと思っていた子供らが、山の方から血相を変えて村へ駆け戻ってきた。

「出た！　魔物が出た！」

「子供がいた！　そいつが呼び出したんだ」

「〝山崩し〟の仲間だよ。あの男以外にもいたんだ」

「銀色の長い髪をした化け物だよ」

「宙に浮いてた！　こんなに大きかった！」

「もっとだよ！　すごく大きかった！」

山へはあれほど行くなと言っておいたのに、と村の入り口にある物見台に立っていた男たちは子供らを叱ろうとしたが、青白い顔をして口々に叫ぶ子供たちの言葉を聞いて顔を見合わせた。

「お前たち少し落ち着け。一体なにを言っているんだ」

「魔物が出たとはどういうことだ。お前たち、オルシュの小屋を覗きに行ったのか？　近づくなと言ったのに！」

急いで物見台から下りた男たちを、子供たちがわっと囲んでまた口々にわめき始める。

「それはそうだけど！　俺たち〝山崩し〟の偵察に行ったんだよ」

「魔物は本物だよ！　だって急に空に現れたんだ。あんなの俺初めて見た」

「それに、あの魔物、俺たちのこと見たんだ」

年嵩の子供が思い出したように呟いた。寒くもないはずなのに、剝き出しの両腕をさするようにしている。

「な、なにかされたのか?」

物見の男が驚きその子供に目を合わせると、子供たちはみな首を横に振った。

「魔物がこっちを見たから、僕たち逃げてきたんだ」

「ねえ、僕たち大丈夫かな。魔物に見つかっちゃった」

それまで興奮した様子で騒いでいた子供たちが、その一言にしんと静まりかえった。

「怖いよ」

ひとりが呟けば、途端、子供たちの目に涙が溢れた。

「どうしよう。俺たち魔物に殺されちゃうよ」

「怖いよ」

「お、おい、お前たち、泣くな」

恐怖心が今更わいたらしい。火がついたように泣き始めた子供たちを宥める物見の男たちの後ろから、別の声がかかった。

「どうした。なにがあったんだ」

立っていたのは、ここサノ村からそう遠くないタド村に住むイジという男だった。

背が低く痩せた体躯に、目つきだけがやけに鋭いのが印象的だ。

いつもの作業着ではなく、今日は結婚式にでも行くような余所行きの格好をしている。

「……ああ、イジか。久しぶりだな。いや、子供たちが山で魔物に会ったと言って」

男の言葉を聞いた瞬間、イジは元々険しかった表情を更に鋭くさせた。

「俺は、またサリが帰ってきたと村長から連絡を貰って来たんだ。サリ以外にも魔物が出たということか？」

「銀色の髪の化け物だよ！」

「目も銀色！」

「怖いよ。僕たちの村も、イジの村みたいに山を崩されるの？」

子供たちの言葉に、イジの腕が一瞬震え、拳が固く握られる。

「……大丈夫だ。そんなことは、もう二度とさせはしない。そのために、俺はここへ来たんだ」

低く唸るようなイジの声に子供たちが怯えた顔を見せるが、イジはそれに気づかぬまま、物見の男らに顔を向けた。

「お前たちは子供らの話を村長へ報告し、山の様子を注視していろ。俺は王都へ行ってくる」

「王都へ？」

怪訝な顔をする男たちに、イジは瞳に昏い光を灯しながら頷いた。

「魔物退治の専門家がいるらしい。俺がなんとしてでも連れてくる」

木の幹に抱きつき、じっと耳を寄せて穏やかな顔をしているサリを初めて見た時、リュウの胸には不思議な懐かしさと羨ましさが溢れた。

精霊たちの声を深く聞くことを許された者。精霊たちに深く愛され、同じく、精霊たちを深く愛する者。

精霊使いたちは精霊たちの声を聞くが、自然が密やかに奏でる音色までを捕らえることができる者は稀だ。公安局に入局するまで、その存在すら知らない精霊使いも多く居る。

誰にも言ったことがないが、幼い頃、リュウは水の奏でるきらきらしい音色を確かに聞いていたことを覚えている。

サリは彼らの奏でる音色を歌と呼ぶ。

耳を押し当てていると、木の深いところから、やさしかったり激しかったり、楽しかったり穏やかだったりする歌が聞こえるんだとサリが言っていたように、リュウも川や海や湖に頭まで潜ってじっと耳を澄ますと、跳ねていたり、大胆だったり、染みいるような音色が水中を縦横無尽に巡っているのをいつでも捕らえることができた。リュウは息の続く限り、彼らの奏でる音色を聞いているのが大好きだった。

そんな〝水の歌〟を聞くことができなくなったのは、たった一度だけ、リュウが精霊たちの声を聞くことを心底恐れてからだ。

ある日、その頃住んでいた街の占い師がリュウにはよくないものが取り憑いていると騒いだ。雨や嵐を予知できるのは、リュウに水の魔物が取り憑いているからだと。

そう小さな街ではなかったが、公安魔法使いや公安精霊使いが派遣されるほど大きな街でもなく、その街に住むほとんどの人が精霊使いの存在を知らなかった。

水の精霊たちの声を聞くことのできるリュウは、雨や嵐の訪れを知れば必ず周囲に知らせていた。気持ち悪がられることはなく、むしろ感謝されることが多く、リュウは精霊たちの声が聞こえる自分が誇らしく、幸せだった。それが誰かの妬心や焦燥を呼ぶことになるなど、想像もしていなかった。

今ならば、あの街に古くから住んでいた占い師が、リュウの存在によって自身の立場が危うくなることを恐れたのだと分かる。占い師は天候を見定め、農作物の種まきや収穫の時期を決める重要な役割を担っていた。

占い師に対する人々の信頼は篤く、占い師がリュウには水の魔物が取り憑いていると宣言した瞬間から、人々のリュウを見る視線ががらりと変わった。いずれその魔物が街に災禍をもたらすだろうと占い師は告げたのだ。

あの時の恐怖と、戸惑いと心細さを、大人になった今でもリュウは忘れることができない。心臓のあたりがひやりとして、少しだけ息が詰まる。

昨日まで、川の声を教えてと無邪気に飛びついてきた友人たちはリュウを遠巻きに見るようになり、これまで親切に話しかけてくれていた大人たちは化け物でも見るように露骨（ろこつ）に顔を顰（しか）めてリュウを見た。

なにより恐ろしかったのは、その占い師がリュウに取り憑いた水の魔物を祓（はら）うために、リュウを三日三晩川に浸（つ）けなければならないと触れ回ったことだ。

街の中央を流れる川の一番大きな橋の柱に体をくくりつけて、身を清めるのだと聞かされて、リュウは心の底から恐怖した。

今にも街の人々が自分を捕らえにくるような気がして、怖い怖いと泣いて祖父に縋（すが）り、そうしてその時、たった一度だけ、精霊たちの声が聞こえなければこんな目に遭（あ）わずに普通に暮らせたのにと思ってしまった。

幸い、リュウの祖父が精霊使いについての知識があり、家族はリュウに危害が及ぶ前に王都へ移住したが、しばらくして、リュウは自分が水の奏でる音色を捕らえられなくなったことに気づいた。

本当の原因は分からない。成長過程でその力が失われたのかもしれない。精霊は子供を愛している。幼い頃に知らず精霊の声を受け取っている者は存外いるものだ。だが精霊の声を信じない者は大人になる過程でその力を失い、失ったことにさえ気づかない。

けれどきっと自分の場合は、あの時本心から精霊の声を聞く力に恐怖したからだとリュウは思っている。

自然が奏でる美しい音色を聞く資格を、彼らを畏れたことで自分は失ったのだと。それは自身の精霊たちに対するひどい裏切りのように思えた。

精霊たちの声を聞く力まで奪われなかったのは幸いだったと思うべきだ。これまで、そう何度も自分に言い聞かせてきた。

だからサリを見た時、胸に浮かんだのは、憧憬と尊敬に近い気持ちだった。

彼女はこれまで、一度たりとも精霊たちを拒んだことがないのだと。

サリのことは顔を合わす前からもちろん知っていた。

公安局局長カルガノが後見人となり、ある日突然どこからかやってきて公安局入りした精霊使い。

火・土・風・水、すべての精霊の声を聞くことができる万能系精霊使いで、入局と同時に力ある公安魔法使いと組んで国の要所を守護するパートナー制度の有資格者となり、その実力を知られながら長きに渡り優秀なパートナーを探すため入局を拒んでいたという魔法使いラルフ・アシュリーのパートナーとして各地に赴任し成果を上げ、入局から二年後、満を持して王都守護に任命されたという、公安精霊使いの中でもエリート中のエリートだ。

一体どんな人物かと皆が注目していたが、王都に赴任して間もなく、サリは仲間である公安精霊使いたちの間でひどく浮いた存在となった。

態度が悪いだとか、愛想がないだとか、自身が万能系だからと他の仲間を見下しているとか、自身の力をひけらかしているとか、カルガノ局長の威を借りているとか、公安精霊使いたちからは決して好ましいとは言えない噂ばかりが流れてくる。

所属部署の違うリュウは、局舎やその近辺で遠目にサリの姿を見たことはあるが、小柄で歩く速度が速く、確かにいつも硬い表情をしているように見えた。直接会話したこともないのに盲目的に噂を信じるわけにはいかないと思いつつも、聞こえてくるのは悪評ばかりで、一体どんな人物なんだとリュウもそう良い印象を持っていなかった。

『一度君に、サリの様子を窺ってやって欲しいのです』

カルガノからそう声を掛けられたのは、サリが王都に赴任してひと月も経った頃だろうか。

局長直々の呼び出しになにごとかと緊張していた分、カルガノの申し出に拍子抜けした。

『どうして彼女となんの接点もない俺に？』

サリは公安課に属しているが、リュウは気象課の所属だ。

当然の疑問も、カルガノは予測していた。

『君は幼い頃、わけあって王都へ移住してきましたよね』

思いも掛けぬことを言われ、リュウは目を丸くしつつも頷いた。一体なんの話だ。

カルガノはリュウを安心させるようににこりと微笑んでみせた。

『サリがここへ来たのは別の理由からですが、あの子は王都に来るまで精霊使いのまったく知られていない場所で育ってきたので、人との交わりに多少難があるのです』

リュウはカルガノが自分を呼び出した理由を理解した。

『……〝多少〟ですか？』

問えば、カルガノは小さく苦笑した。サリに関する噂は、後見人であるカルガノも十分に把握しているのだろう。

『君にサリの友人になって欲しいと頼んでいるのではありません。もし君が本心からそう思ってくれたなら幸いですが』

カルガノは机の上で両手を組み、真剣な表情でリュウを見つめた。

『公安局の先輩として、後輩がこの環境に馴染むための手助けをしてやってくれませんか。君を選んだのは、サリの背景を多少なりとも理解してくれると思ったからです。私が直接出ればますますサリの立場を悪くするでしょうから』

承知しました、と応えたリュウに、カルガノはほっとしたような表情を見せた後、ありがとうと丁寧に頭を下げてリュウを慌てさせた。

カルガノとサリの間に姻戚関係がないことは既に知られているが、カルガノがサリのことを実の娘のように気遣っていることはよく感じられて、リュウはちらとふたりは一体どんな関係なのかと余計なことを考えた。

さて、それはともかく、サリの背景をほんのわずかにでも示された後は、当然、サリに対する印象はがらりと変わる。

精霊使いの知られていない場所で育ったために人との交わり方に難がある——つまり、サリはリュウと同じく化け物扱いされたことがあり、人に対して苦手意識があるということだろう。

公安局が設立され、大都市には魔法使いや精霊使いが派遣されて各地の守護を務めることでその存在を国民に知らしめているが、地方には未だ精霊使いに対する理解や知識がまるでない場所が数多く存在する。

そういった場所で、精霊使いたちに与えられる名は化け物や魔物であり、災いを為すものとして地域で〝祓われる〟ことが多い。リュウが占い師に、三日三晩川に浸けられそうになったように。

〝祓われ〟ずとも、化け物扱いを受け続け、人を恐れ、憎み、人との交わりを避けて生きる者もいると聞く。

だから公安局に入局する精霊使いは、基本的には王都や大都市など、精霊使いへの理解がある場所で育ってきた者たちだ。

サリが生まれ育った場所でどんな扱いを受けてきたのかは知らないが、大半の公安精霊使いたちと育ちがまるで違うはずだ。

態度が悪い、ふてぶてしいなどと噂されるサリが、そもそも人に対してどういう感情を持っているのか。

国家と国民の安全を守る公安局に入るくらいだから、人に対する強い憎しみや怒りはないにしても、苦手意識や恐怖感があるのかもしれない。

公安局の先輩として後輩を見てやって欲しいとカルガノは言ったが、さて、サリは所属部署も違う、まるで接点のないリュウが現れてそれを素直に受け容れるだろうか。

そもそも、どうやってサリに近づけばいい？　カルガノに頼まれたからと告げるべきだろうか。

困ったなと思いながらも、とりあえずはサリ本人を見てみるかと探していたら、無表情で精霊使い部の局舎裏へ足早に向かうサリを見つけたのだった。

人気のない裏庭になんの用だと窺っていたら、サリは迷いのない足取りで庭の一番奥にある木へ向かい、その根元に座り込むや幹に抱きつき慣れた様子で耳を押し当てた。

初めて間近に見たサリはとても小さくて、やはり表情はほとんどなく、それが怒っているように見えるのだと思った。

だが、すぐにリュウはサリの表情の変化に捕らわれた。

目を閉じたサリの強張っていた面がゆっくりと緩み、口元が小さく笑みの形を作る。安堵が広がり、彼女が深くその音色に身を委ねている様に。

いい大人がうっとりと木に抱きついているなど、周囲から見れば異様にも見える姿だが、リュウはちっとも気にならなかった。

彼女の感じている喜びと心地よさを、知っていると思った。

リュウが遠い昔に手放してしまったもの。

懐かしくて、ひどく彼女が羨ましい。

もうその時には、カルガノの依頼のことは頭から消えて、ただサリと話がしたいと思っていた。

精霊たちに深く信頼されている。それだけで、リュウは容易くサリを信用することができた。

声を掛けるとサリは驚いた表情をリュウに向けたが、木の奏でる歌について尋ねると、ひどく熱心にその音色について説明しようとしてくれた。

女性にしては少し低い声の淡々とした語り口が印象的で、しかし噂に聞く高慢な様子は欠片もなく、表情は硬いが懸命に喋る姿は誠実で、話に熱が入り次第にサリの深緑の瞳が静かに輝きを増すのを見ると嬉しくなった。この子が無表情だなんて、誰が言ったのかと。

リュウと話す時は常に緊張していたが、精霊たちの声を拾う時、サリの表情が穏やかになることにもすぐに気づいた。

つまり、彼女にとって人よりも精霊たちの方が親しい存在ということだ。

よろしくとリュウが手を差し出すとあからさまに狼狽えて、リュウの手を見つめたままどうしたらいいのか分からない様子だったけれど、リュウがサリの手を取ると、体を強張らせてリュウの顔を見た後、その日初めてはっきりと笑った。

カルガノが言っていた通り、サリは単純に、人との接し方を知らないだけだとリュウは思った。

自分を練習台にして過ごせば、直ぐにサリも周囲と馴染んでいくはず。

（想像していたよりも深刻な状況ではなさそうだ）

そう考えていた自分は、所詮、精霊使いに対する理解者に囲まれて育った人間なのだとリュウは思う。

王都ザイルから東へ半日ほど。道が西へ分岐する場所に植えられた大木の下で、リュウは人を待っていた。

通り過ぎる人々に軽く手を掲げたり、他愛もない挨拶をしながら、その目は王都から向かってくる人影を鋭く観察している。

リュウの元に書簡が届けられたのは昨夜のことだ。

カルガノからだった。

丁寧な筆跡がところどころ掠れているのは、急いでしたためられたためだろう。

〈直接会って話したかったのですが、人目を避けるため書面にしました。

至急サリの元へ向かい、バクを解放するよう伝えなければなりません。

公安局は、バクを国民に危険を及ぼす可能性のある魔物と認識し、早急に対処することになりました。

努力はしますが、それほど多くの時間を稼ぐことはできないでしょう。

また、君にはデューカ様の監視がつけられていることと思います。君が動けば、デューカ様の私設護衛隊が動くでしょう。

決して、彼らを相手に無茶はしないでください〉

デューカの私設護衛隊ならば、公安魔法使いにも匹敵する力を持つという自由魔法使いや、精霊使いたちがやってくるということだ。

水の精霊の声を聞くことしかできないリュウが、どうやって無茶をすると言うのか。

考えながら、道の向こうからやってくる人々を見つめる自身の姿を思い、カルガノは随分、自分の性格を読んでいるのだとリュウはおかしくなった。

〈君に、バクについて詳(くわ)しい説明をしなければと思うのですが、私にも実のところバクについての正確な知識はないのです。

ただ、私が信頼する知人はバクについてこう語っていました。

バクは人の孤独に添う生き物だと。

強い孤独がバクを生み出し、バクはその心に添い、人を救おうとする。

だが人の願いに抗(あらが)うことができず、結果悲劇が起こると。

その有様(ありさま)をもってバクを魔物と呼ぶのであれば、魔物を生み出すのは他でもない、我々人間でしょう。

私はそう考えています。

バクを呼び出したエトを救うためにも、彼らと行動を共にしているサリとラルフのためにも、尚更(なおさら)バクを魔物にするわけにはいきません。

そして最後にもうひとつ、君にお願いがあります。

サリもかつて、バクを呼び出したことがあるのだそうです。そしてきっと、そのバクは今もあの子の心の支えです。

サリの本当の心のうちを、恥ずかしながら、私は今も推し量ることができませんが、きっと、長い間精霊たちの声を聞くことができず、あの子はひどく心細い思いをしていると思います。その心細さがどれほどのものか。

私にできるのは、ただサリの名を呼び続けることだけです。

君もどうか、サリに会ったら名を呼んでやってください。

あの子は、自分の居場所がここにあることを、まだ知らないように思うのです〉

読み終わった書簡を火にくべながら、リュウはひどく苦々しい気持ちになると同時に、妙に納得した気持ちになった。

サリはリュウに心を開いてくれたが、周囲との距離はその後も変わらぬままだ。

そして自身の過去について語ることはほとんどなかったが、周囲の視線や心無い声に大丈夫かと問えば、『慣れている』と淡々と答えたことがある。

その力故に人の悪意に晒されながら、精霊を厭ったことがないのは、サリの精霊たちへの愛情が人並み外れて深い故だと思っていたが、

『人の友達はリュウが初めてだ。私に人の友達ができるとは思わなかったな』

いつかサリが恥ずかしそうに言った時、不意に気づいた。

単純に、サリには精霊たちの他に頼る相手がいなかったのだと。精霊たちを厭えば、他には

もう誰もいない。そういうことだ。

その考えが心に染みついているから、サリはいつまで経(た)っても人に馴染まない。

私と友達になりたいだなんてリュウは変わっていると真顔で言ったように、人から疎(うと)まれることを当然と思い、自ら人に近づいていくことがない。

精霊たちにだけ穏やかな顔を向けるサリは、すぐ目の前にいても、まるで別の場所にいるように感じられることがリュウには度々(たびたび)あった。

(サリも、バクを呼び出したことがある、か)

脳裏に浮かぶのは、瘦(や)せて傷だらけの少女エトの姿だ。化け物と小突き回されて、デューカの〝鑑賞会〟に引きずり出されたという少女は、リュウを見てはっきりと怯(おび)えた顔をした。人を、心の底から恐れている表情だった。

その顔が、精霊の声が聞こえなくなったと真っ白な顔をしてぼろぼろと涙を流したサリに変わり、リュウは軽く頭を振って浮かんだ映像を脳内から追い払った。

あの時サリは、リュウやカルガノの存在を一切忘れていたように思う。

すべてを失ったと絶望して、虚(うつ)ろな顔をしていた。そのままサリが消えてしまうような気がして、リュウはひどく恐ろしい気持ちになった。

バクを呼び出すほどの孤独がどれだけ深いものなのか、リュウには想像もつかない。

けれど、今もそのバクがサリの心の支えだと言うのなら、サリはきっと、人の中でずっとひとりなのだ。

公安局にやってきた理由を問うた時、「自分の声が届く場所に行ってみたかったから」とサリは言った。

そこにはサリの人と繋がりを持ちたいという意識があるのではないか、自分の持って生まれた力を肯定したいという前向きな意思があるのではないかとリュウは考えていたけれど。

本当はサリのことなど、なにひとつ分かっていなかったのだろうか。

（ラルフに偉そうに言える立場じゃねえな）

サリの声を聞くという意味では、誰よりもその声を受け取ってきたのは、パートナーであるラルフだ。

公安魔法使いであることに絶対的な誇りと自信を持つ、自分本位な男。サリのことを、性能の良い情報収集機程度に見ていた魔法使い。

サリと力が入れ替わったことに苛立ち、己の力を取り戻すことばかりを考えていた。

精霊の声を聞く力を失ったサリのことを気遣えと言いはしたが、あの男がその意味を理解していたとは言い難い。

（あいつが逃避行の間に少しは成長してくれてたらいいけどな）

ご自慢の魔法が使えなくなり、精霊たちの声に絶えず苛まされる日々が続けば、あの男も多少はおとなしくなっているかもしれない。

ただひとつ確かなことは、ラルフは自身の力を取り戻すためにはどんなことでもするだろうということだ。

なにもできなくなったくせに、自分は決して足手まといにはならないと言い張り、絶対にサリとエトについていくと叫んだ男の顔を思い出す。

あの男が傍にいる限り、良くも悪くもサリがひとりになることはないだろうが、ラルフがサリの支えになる姿はまるで想像がつかない。

はあっと深く息を吐き出したその時、前方から土煙をたてて駆けてくる二頭の馬の影に目を細め、リュウは立ち上がった。

大きく両手を振り回し、リュウに迫る人物を大声で呼び止める。

ひとりは男で、もうひとりは女。

彼らが昨夜からリュウの後を尾けてきていることは確認済みだ。

ふたりは馬上でちらと視線を合わせた後、手綱を引き、リュウの前で止まった。

リュウはふたりを見上げ、にこりと笑ってみせる。

「カルガノ局長の使いの方ですよね？　俺がリュウです。すぐに護衛を寄越すと言われていたのになかなか姿が見えないから、不安になってここで待っていたんです。あなたが魔法使いで、あなたが精霊使い？　俺は水の声しか聞こえないからご迷惑をお掛けします。あなたは水以外の精霊の声を？　あ、その前にお名前を伺っても？」

相手に口を開く隙を与えぬまま一気に話しかけ、リュウは手を差し出した。

リュウの勢いに圧倒されたのか、少しの沈黙の後、ひとりがリュウの手を握り返した。掌（てのひら）が厚く、体軀（たいく）の大きな、凄（すご）みのある男だ。

「魔法使いのシンだ。こっちは精霊使いのスリ。水以外の声をすべて聞く」

スリと呼ばれた精霊使いは、きつい顔立ちをした若い女だった。リュウの差し出した手を取ることはなく、馬上からこちらを探るような視線を向けてくるので、リュウは自身の手を引き彼女の目を見て微笑（ほほえ）んだ。

「そうですか。では、先を急ぎましょう。護衛をよろしくお願いいたします」

丁寧に頭を下げ、リュウは繋いでいた馬に飛び乗った。正面を向き、小さく息を吐くと気合いと共に馬の脇腹を蹴った。

背後に、デューカの配下を引き連れて。

2

魔法を使う様を見せればエトが怯(おび)えるだろう。

そう考えて、サリの魔法の練習はエトが眠った後、小屋から少し離れたクスノキの下で行っている。

「魔法は己(おのれ)の力と想像力で使うと言っただろう。お前は力が腹の底にあることを感じている。その力が体内を巡(めぐ)る感覚も捉(とら)えている。使えないはずがない」

ラルフについて、サリは近頃また新しい発見をしているところだ。

「灯(あか)りを」

小屋の前からクスノキの元までは一本道。サリには慣れた道で、月明かりがなくても辿(たど)ることはできるが、ラルフに言われてサリは人差し指に意識を集中させる。

か細く青白い光がぼんやりとサリの指先に現れる。しかし、ほっと息を吐くとすぐにそれは闇(やみ)の中に消えていってしまう。

ラルフは強い光を、いとも簡単に指先に灯し続けていたのに。

「どんな光を、どの程度の強さで灯したいのか明確に頭の中に思い描け。はっきりと思い描いたら、力を使う。腹の底に力を感じているなら、その力を指先に流す想像をしろ。腹の底から胸を通り、肩から腕へ。腕から掌(てのひら)へ。掌から指先へ。熱が移動する様を思え」

ラルフのことだ。何度言われてもうまく魔法を扱(あつか)うことのできないサリにさぞかし苛々(いらいら)するだろうと思っていたのだが、意外にも指導は根気強く行われている。

「魔法の力は体力と密接に関係している。魔法の力の使い方を知らなければ、その分余計な体力を消耗することになる。お前がこの前エトを助けた後にぶっ倒れたのは、一度に大きな魔法の力を使って体力が一気に削(けず)られたからだ。普段から魔法の力の加減を意識して、お前の体が魔法を使うのに慣れるようにしろ。ほら、もう一度やってみろ」

これまでにサリがまともに魔法の力を使うことができたのはたった二回だけ。

ラルフにスクードを奪い取られそうになった時と、エトをデューカの追っ手から取り戻そうとした時。

「その時のことをできる限り思い出せ。どう魔法を使おうと思ったのか。魔法の力がどう体を巡ったのか」

「夢中でどちらも覚えていない」

正直に答えると、ラルフは呆(あき)れたように軽く頭を振ったが、すぐにまた気を取り直し口を開く。

「その時の感情は？　なにを思った。どうしたいと動いた」

「……あんたがスクードを奪った時には、返してくれと思ったし、エトを攫(さら)った奴(ヤツ)らの馬車を見つけた時にはエトを返せと思った」

強くそう思ったらサリの手から光が飛び出し、スクードは戻ってきたし、エトを乗せた馬車は止まって、攫った人間は硬化していたのだ。

「あ、でも人を硬化させようとは考えていなかったぞ。そんなことができるなんて私は知らなかったし」

「あの時、相手が魔法でこちらに攻撃を仕掛けてきてただろ。だからお前は、無意識に敵の動きを止めることと馬車を止めることを同時に願ったはずだ。本人が願っていない魔法が勝手に発動することはない」

「そういうものなのか」

ラルフは深く頷いた。

「そういうものだ。だから魔法を使う者には理性と自制心と道徳心が求められる。強い魔法の力を持つ者ほどそうだ。お前は魔法の力を悪用することはないだろうが、感情に引きずられて発動する魔法の力が大きすぎる。場合によっては周りを巻き込む可能性があるからな。エトを守るためだけじゃなく、お前は基本的に魔法の力を制御する術(すべ)を学ぶ必要がある。分かるな」

「ああ」

「……なんだ」

不思議なものを見るように自分を見つめるサリに気づいたのだろう。ラルフが片眉（かたまゆ）を上げて問うた。

「ラルフ、少し前から思っていたんだが、あんた本当に話がうまいんだな。魔法のことはこれまでよく分かっていなかったが、あんたの説明はすごく分かりやすい」

仕事をしていた頃のラルフは、自分がこれから何を、どういった意図をもってしようとしているのか、サリに説明することはほとんどなかった。必要な情報が欲しい時には端的にそれを告げるだけで完結していたから、サリを相手に、魔法の力の使い方や、その制御の必要性について丁寧に話しているのを聞くと、知らない人間を相手にしているような気分になる。

エトとの会話を見て、ラルフが実は話題が豊富で話が上手（じょうず）だと気づいたつもりでいたが、こうして魔法の知識のないサリにもとても分かりやすく話してくれている。

賞賛と驚きの気持ちを込めて告げたのに、途端、ラルフの眉間（みけん）に皺（しわ）が寄った。

「俺を誰だと思っている。お前のひどく感覚的な説明と一緒にするな」

どうやら墓穴を掘ったらしい。

魔法について教えてもらうついでに、ラルフにもサリの精霊使いとしての知識を伝えようとしているのだが、これは少しもうまくいっていないからだ。

「昔、ジラン県だったか、あの西の街で土砂（どしゃ）崩れが起きるとお前が言ったことがあるだろう。

あの時はなんの情報を元に確証を得たんだ」

　ラルフは精霊たちの声の聞き分けをしたいと強く思っているらしく、細かな質問を熱心にしてくる。

「あれか。山が騒がしかったから近くまで行ったら、水と土が話していたんだ」

「……その、山が騒がしかったというのはどういう状態なんだ」

「どういう状態って、騒いでいたから騒がしいんだ」

「だから！　お前が山が騒いでいない状態と騒いでいると判断した状態を、もっと具体的に説明しろと言っているんだ」

「具体的に？　だから……いつもより、耳に煩（うるさ）い感じがすると」

「そうじゃない。ああ、だから、下の沢の岩はいつもほとんど黙っているが、あいつが叫んだりするということか？　それが山が騒いでいると判断する基準か？」

「ラルフ、岩はどんな状況でも叫んだりしないぞ。叫ぶなら小石だ」

「お前……」

　こんな風に最後にはラルフが遠い目をしたり、頭を抱（かか）えたりで、一向に話がうまく進まない。

　サリとしては自分の話し下手（へた）を申し訳なく思っているのだが、サリなりに一生懸命自分の知っていることを説明しているつもりなのだ。

　説明とは具体例だとラルフが何度も言うから、

「風の精霊がきっきっきと笑う時は悪戯を考えている時だ。きゃきゃきゃと笑う時はこちらをからかおうとしている時で、きゃらきゃら笑う時は楽しいことがあった時」

と言ったら、聞き取れるか！　と怒られた。

だから本当になにかを説明するのは難しいことなのに、ラルフの魔法に関する説明はいつも分かりやすいからすごいと素直に思っただけなのだ。

ただ褒めるというのもなかなかに難しい。

ラルフは肩を竦めたサリに咳払いをして、話を戻した。

「それで、お前がいつまで経っても魔法を上手く使えない理由を基本に立ち返って考えてみたんだが、お前、小屋からここに来るまでの道のりに、灯りが必要だと思っていないんじゃないか？」

言われて、サリはああと思い当たる。

「この道を歩くのに、昔から灯りを使ったことがないからな。月が出ていなくても、体が覚えているから必要ないんだ……ラルフ、その、すまない」

「いい。謝るな」

サリが真顔で答えるにつれて男が疲れた表情になっていくのが分かり、なにか悪いことでもしたのかと謝ったが、ラルフは軽く手を挙げてサリを制した。

「言っただろ。本人が本気で望まない魔法は発動しないと」

「ああ、そうか」

だからこの道を行く時、サリはどうやっても灯りをつけることができないのか。

「まったく。お前は頑固すぎる。必要に応じて自分の脳を騙すことくらいはしてみせろ」

苦虫を嚙み潰したような顔をしてラルフはしばらく考えごとをしていたが、まあ座れ、とサリをクスノキの根元に座らせると自身もその場に腰を下ろした。

そういう姿を見ていると、ラルフも随分ここでの生活に慣れたのだと思う。

その辺の道端に座り込むだなんて、街では絶対にしなかった。そもそも、サリの真向かいにラルフが座って、こんな風に話し込むこと自体がなかった。

「サリ、お前、魔法の力を使ってやってみたいことはないか」

「え？」

突然言われて、サリは瞬いた。そんなことはもう何度も話してきている。

「だから、簡単な目くらまし程度の魔法が使えるようになりたいと」

怪訝な表情で答えかけたサリに、ラルフはすぐに首を横に振った。

「そうじゃない。エトを守るためじゃなくて、お前が使ってみたい魔法だ」

意味が分からず、サリは眉を寄せた。ラルフが苦笑する。

「俺が覚えている初めて使った魔法は、背の高い戸棚に使用人が隠した菓子を取ることだった。必死だった」

「あんたが？　本当にそんなことを？」

あんまりサリが驚いた声をあげたせいか、ラルフは決まりが悪そうな顔になる。

「俺にだって子供の頃があったんだ」

「子供の頃のあんたは随分（ずいぶん）可愛（かわい）げがあったんだな」

しみじみと言えば、ラルフはもはや反論もしなくなった。

「一度見た稲妻（いなずま）が忘れられなくて再現したくて練習して、祖父にひどく怒られたこともある。とにかく、お前は俺の魔法を一番近くで見てきただろう。魔法でどんなことができるのか知識として知っているはずだ。魔法が使えたらと思ったことはないのか？　見たい景色や、聞きたい音、なんだっていい」

自分に魔法が使えたら、と考えたことはある。ラルフが木を粉砕（ふんさい）してしまった時や、自然の声を聞かず、無茶をした時。サリ自身に魔法が使えたら、彼らを助けられたのにとそんなことは思ったが、日常で魔法の力を使いたいと考えたことがない。

サリが見るラルフの魔法は強大で、いつも自然を矯正（きょうせい）するために振るわれることが多く、惹（ひ）かれるものがなかった。

だが、今ラルフに言われて、サリはそんな簡単で単純な魔法があることに初めて気づいた。

（……）

視線が自身の右手首に落ち、暗闇（くらやみ）の中でも、サリは黒い石のスクードの姿をはっきりと見つめることができる。

　軽く握り締めた右掌から青白い光が漏れていることにサリは気づいていない。

（スクードの声が聞きたい……）

　幼い頃から、いつだっていつだってサリの傍でサリを支えてくれた声だ。

　そう、いつだったか、スクードが手から離れてしまった時があった。あの頃のスクードはサリとは一度も喋ったことがなかったから、もう二度とスクードに会えないかもしれないと不安でいっぱいになった。

　でも、スクードは自分の居場所をサリに示してくれたのだ。


――サリ、俺はここだ！　とっとと来い！


　突如低い怒声が辺りに響いて、ラルフが両耳を塞いで体を仰け反らせた。

「おいサリ、いきなりなんの声……」

　文句を言いかけたラルフだったが、顔を上げてそのまま固まった。

「ラルフ、すごい。本当に、スクードの声だ」

　右手首の黒い石を握り締めて驚くサリの両目から、ぼたぼたと涙が零れていたからだろう。

「スクードの声だ」

サリは夢中で黒い石を耳元に宛がって、その声を何度も聞こうと耳を澄ませた。

精霊たちの声が聞こえなくなってから、ずっとずっと聞きたかった石の声。

望めば、魔法はサリにスクードの声をいくらでも聞かせてくれると分かった。

——サリ。

——サリ。

——サリ。

「サリ、やめろ」

没頭しようとしたサリを鋭い声で制したのは、ラルフだった。

右手を強く握られて、驚いて顔を上げるとラルフは険しい表情をしていた。

「スクードが、やめろと言っている」

「……スクードが？」

ああ、とラルフは頷いた。サリの右手首にかかった黒い石を見つめ、苦々しい表情をしている。スクードはラルフが嫌いで、決して話しかけないとエトが言っていたのに。

なにが起きているのかと呆然と成り行きを見守っていると、ラルフが口を開いた。

「こいつが、花を見たいと言っている」

「花？」

「ああ。……白い花だと」

スクードが今サリに話しかけてくれているのだと思うと、サリはもっと会話がしたくて必死になった。

「どんな花だ。いつ頃のことだとスクードは言っている？　この山で見たものか、街で見たもの？」

「夏の夜に、お前が転がり落ちた崖下で月明かりに照らされて咲いた花のことだと言っているが……崖の下に落ちたのか？」

ラルフの困惑した声よりも、話された内容に懐かしさと喜びが込み上げてくる。それは、スクードしか知らないことだ。ラルフは本当にスクードの声を拾っている。

「月が綺麗だから散歩に行こうと風の精霊たちに誘われて、オルシュのいない夜に小屋を抜け出したことがあるんだ。知らない道を歩いていたら、足を滑らせて落ちてしまって。そんなに高くない崖だったし、怪我もほとんどしなかったから大丈夫だった。そこでスクードと素敵な花が咲くのを見たんだ。ほら、スクード、こんな花だったよね」

サリが青白く光る右手をかざすと、目の前に蕾のままの花が鮮やかに映し出された。月明かりを纏い、ひどく幻想的だ。

「花が咲く瞬間を見たことがある？　花開く瞬間、ものすごく小さく音がするんだ」

静かにしていて、とサリが口元に指をあてると、ラルフは息を詰めてその花に見入る。

サリの記憶のままに映し出される白い花は、ゆっくりとその花弁を開いていく。

どれほどの時間が経ったのか。花が開ききるまで、誰も喋らなかった。

「スクード、よく覚えてたね」

咲ききった花を見つめながらサリが呟くと、ラルフが石の声を拾う。

「なんでも覚えている、だと。エトにも見せてやれと」

「……そうか。こういう魔法ならエトも怖くないな。スクード、ありがとう。ラルフも、スクードの声を伝えてくれてありがとう。それに魔法も使えた。あんたが言っていたのは、こういうことなんだな」

聞きたい音、と言われた時、まず真っ先にスクードの声のことを思った。

聞きたいと思ったら熱が込み上げて、脳裏に思い浮かべたその音が響いた。

これまでも何度もスクードの声を望んできたけれど、魔法を使おうと考えたことは一度もない。

自分の意思で魔法を使う、その意味がサリは初めて理解できた。

スクードが見たいと告げたという花も、見せたいと心の底からサリが思い、記憶を魔法の力に乗せてやれば、目の前にあるのではと思うほど鮮やかに幻が現れる。

「魔法って、凄いんだなラルフ」

ほうっと溜め息を吐けば、ラルフがなにか複雑そうな顔になった。

「……お前、今初めてそう思ったのか」

「ああ！　感動した」

勢い込んで頷いたのに、ラルフはもういいと手を振っている。

「とにかく、今みたいに少しずつ力の出し方を覚えろ。少しずつだぞ。そうだな、お前がこれまでに見た中で、エトやスクードに見せたいものを考えるようにしろ。それがいい」

「分かった」

「当面、魔法の力を使うのは俺がいる時だけだ。約束しろ」

「ああ、そうする」

これまではどこででも魔法を使う練習をしろと言っていたのに、急にくどくどと言い募るラルフに神妙に頷きながら、サリは久しぶりにスクードと意思を疎通できたことが嬉しくて堪らない。

スクードとの思い出を辿れば、その分、ラルフを通してでもスクードと話ができると思うと、これまでの心細さが少しだけ消えて安堵が込み上げた。

エトに魔法の力でさっきの花を見せてあげたらどんな反応を示すだろう。綺麗なものを見せるような、楽しい魔法の使い方をサリが覚えれば、エトの魔法への恐怖心が減って、ラルフに力を返してもいいと思うようになるかもしれない。

サリが村へ下りた日には不安そうな様子だったエトだが、それ以降は、とても安定した様子で楽しそうに過ごしている。ここでの生活にすっかり安心しているように見えるのだ。

「ラルフ」

　今日はもう終わりだと立ち上がり、小屋に向かい始めていたラルフの背に声を掛けると、ラルフはサリが追いつくのを待った。

「なんだ」

「精霊たちの様子に変わりはないと言っていたな」

　ラルフはちらと視線を辺りに巡らせた。

「ああ。奴（ヤツ）らはいつも通りだ。なにか気に懸（か）かるのか」

「ああ、私が村に下りただろう。あんたの姿も見られて、誰かが様子を見に来るんじゃないかと思っている。大人が来たなら精霊たちが騒ぐだろうが、子供には精霊たちは甘いからな」

「子供がわざわざここまで来るか？　お前のことをあれほど……」

　言いかけてラルフが止めた言葉を、サリは大体正確に把握（はあく）している。それよりもラルフがサリに対してこうした気遣いを見せることが増えてきた気がして、そのことの方が不思議だ。

「子供は怖いもの知らずで好奇心旺盛（おうせい）だ。私とオルシュが住んでいた頃、ここは子供たちの度胸試しの場だった。子供の考えることはいつでもそう変わらないはずだ」

「気をつけておく」

　頷き、歩を進めようとしたラルフをサリはもう一度制した。

「エトは最近すごく安定して見えるが、あんたはどう思う」

エトの話をすると、わずかに険しくなっていたラルフの表情が緩んだ。

「ああ、俺にもそう見える。お前や俺に話しかける時ほとんど緊張しなくなったし、小屋から離れた場所にもひとりでよく行くようになっただろ。どうかしたのか」

ああ、とサリは頷いた。

「時期が来たのかと思って」

「時期？」

サリはエトが眠っている小屋を見つめた。

「白銀（しろがね）を解放させるよう、エトに話をしなければいけないな」


くたびれた一張羅（いっちょうら）を纏（まと）い、おどおどとした態度で、しかし目の光だけは異様な男がデューカの前に現れたのは、カルガノから魔物に関する報告を受けた二日後のことだった。

カルガノの報告によると、件（くだん）の魔物は遠い昔にもランカトルの片田舎に現れた記述があり、〝魂食い（たまぐい）〟〝心喰い（こころぐい）〟などと呼ばれて、魔物の主人を始めとし、村人数十名の心を喰いつくして、生ける屍（しかばね）を多く生み出したという。

魔物に対処する方法が見つかるまで時間が欲しいとカルガノは言い、王弟であり、公安局総局長としての地位にあるデューカに、決して魔物に近づかぬようにと、国王を介してまで念を押してきた。

そうしておきながら、カルガノが既にサリに使いを出したことをデューカは当然把握している。

魔物に関する報告をカルガノが部下から受けたと思われる夜、サリの友人であるリュウが、密かに王都を出たのだ。

元々、カルガノはデューカの魔物蒐集に対し苦言を呈してきた。

今回の魔物に関しては、特にはっきりと、人が捕らえるべきものではないと告げた。

「あの魔物がこの国に生まれたことの意味を、公安局総局長としてお考え頂きたい。あの魔物が真の魔物にならずに済む方法を、まず我々は模索すべきです」

サリに対してカルガノがどんな知恵を授けようとしているのかは知らないが、デューカはあの美しい魔物を逃すつもりは毛頭ない。

あの幼子が魔物を呼び出し、魔物を手なずけていると言うのなら、あの幼子ごと飼えばいい。

以前、幼子を攫った際には魔物の怒りを買ったが、今度は幼子を厚くもてなし、危害を加えぬことを約束し、デューカの元で身の安全を保証することを伝えるのだ。

幼子の不安が魔物の力を暴走させると言うのならば、この世の贅の限りを尽くしてあの幼子の不安を消せば良い。

カルガノはデューカにサリの居場所を決して教えようとはしないが、直にリュウを追う配下から連絡が来るだろう。

既に、残りの私設護衛隊をいつでも出発できるよう待機させている。

魔物を退治して欲しいという男が現れたのは、そんな最中のことだった。

公安魔法使いの局舎の門前で追い払われているところを、男の言葉が気に懸かったデューカの護衛隊が拾ってきたという。

連れてこられた男は絢爛豪華なデューカの私室を落ち着きなく、怯えた様子で見回していたが、用件を問うと血走った目をぎょろりときらめかせた。

「お、おれ、俺は、カルカ県の東部、タド村のイジと言います。そ、その、王都には、魔物を退治してくれる人がいると聞いて、訪ねてきました。お、俺の村を埋めた魔物が、ちか、近くの村に、サノ村に、また、帰ってきたんです。仲間を連れて」

緊張のためかぶるぶると震えながら訴える男を、デューカは冷めた目で見下ろしていた。この男を連れてきた部下に目配せしようとしたが、

「きっと、あの魔物、サリは、またなにかするつもりです。俺の妻と子供を生き埋めにして、まだ、のうのうと生きている。ゆ、許せなくて」

続けられた言葉に、視線を戻した。

「……魔物に名がついているのか?」

「あれは、人の腹を借りて生まれてきた人の形をした魔物なんです。俺の村を土砂で埋めた……！　そいつが、また、近くの山に帰ってきたんです。な、仲間を連れて。山裾(やますそ)の村の子供たちは、魔物が連れてきた子供が、空中に人の姿をしたなにかを呼び出すのを見たと騒いで怯えています。村人たちも、魔物が帰ってきて以来、不安な日々を過ごしているんです。俺は、魔物を倒してくれる場所が王都にあると聞いて……。どうか、あの魔物を捕らえて俺たちの無念を晴らしてください。お願いします……お願いします！」

　デューカは足下に縋(すが)り付(つ)いてきた男の体を乱暴に振り払ったが、声だけは優しく男に語りかけた。

「カルカ県と言えば東北の端ではないか。遠いところからよく訪ねてきてくれた。安心するがよい。魔物は速やかに捕らえよう。案内を頼めるだろうか」

　男はもはや床に泣き崩れている。

　背後に控(ひか)える護衛隊に合図を送れば、即座に男を連れて部屋から出て行った。

（カルガノ、民からの涙の訴えを、公安局総局長たる私が退けるわけにはいかないだろう？）

　幸運を手にした興奮を堪(こら)えきれぬ笑いが、デューカの私室に響き渡る。

「早くお前に会いたい」

　白銀の魔物が描かれた絵画を見つめ、デューカはうっとりと囁いた。

海を見てみたい。

そう強請るエトの前で、サリが右手をかざして魔法を使う。

木々の姿が消え、そこにはあっと言う間に海が広がり、エトはサリの服の裾を握ったまま目を丸くしている。

「ラルフが前に話してくれただろう。あれが帆船だ」

サリが説明すると、海の上を鮮やかな色の帆を張った船が何艘も通り過ぎていく。いつかの祭りの光景だった。

「広いね。湖よりも、もっともっと広い」

波が立つことに気づいて、エトはいつの間にかサリの服から手を離し、幻の海に近づいていた。

「海は川みたいに流れているの？」

「海には川にはいない大きな魚がいるって本当？」

エトが問えば、サリはすぐに、自分が漁港で見たことのある大きな魚の姿を映(うつ)し出(だ)す。

一度コツを掴(つか)んでしまったサリは、魔法を容易(たやす)く操るようになった。

が、その内容は子供が遊びで使うような他愛(たわい)もない魔法ばかりだ。

水を汲(く)んだり薪(まき)を割ったり、火を熾(おこ)したり、鍋(なべ)を長時間掻(か)き回(まわ)したりするようなことには少しも魔法の力を使おうとしない。

「自分でできることなのに、どうして魔法を使う必要が？」

ラルフが聞けば、まるで理解できないという顔をされた。

エトが魔法を怖がるかもしれないとふたりで心配していたが、それは杞憂(きゆう)だった。エトは、サリが自分に危害を加えるとは微塵(みじん)も思っていないらしい。

スクードに見せた白い花をエトにも見せるため、サリの手がゆっくりと光を帯びても、エトは体を強張(こわば)らせもしなかったのだ。サリの手からなにが生み出されるのか、瞬(まばた)きもせずに見つめ続けた。

サリはそんなエトの様子に安心していたし、エトが目を輝かせて笑ったのがよほど嬉しかったのか、次々に自分がかつて見たことのある美しい花や、奇妙な植物を繰り出そうとし、力の使いすぎだとラルフが止めたくらいだ。

サリが魔法の使い方を覚えた夜から、ラルフは日中もエトよりサリのことを目で追うようになった。

魔法で記憶を映像化できることが単純に楽しいらしいのも伝わってくるが、それを通して、サリはスクードの声を聞きたがる。

そして、これまでスクードはラルフの居る場所ではほとんど喋らなかったというのに、あの夜から急激に言葉を発するようになった。

エトもサリにスクードの声を伝えれば喜ぶことが分かっているのだろう。スクードが話せば、その声をひとつ残らず正確にサリに伝えている。

スクードの声を伝える度、自分がどれほど安堵した表情になるのか、サリはまったく気づいていない。

ラルフは、サリが魔法でスクードの声を求めたあの夜初めて、サリがずっと、ひどく心細い思いを抱えていたことに気づいた。

魔法の力をうまく使うきっかけになればと、軽い気持ちで告げたことだったが、サリがスクードの声を求め、その声を聞いた途端顔を歪めて泣き出すのを見た時、ラルフは迷子が親の声を聞いた瞬間のようだと思った。

あの時、そのまま、何度も、何度もスクードの声を聞こうとするサリに戸惑っていると、

――この能無しの役立たずが！　とっとと止めさせろ！

強烈な罵声がラルフに襲いかかってきた。

魔法の生み出した幻聴などではなく、サリの右手首から、紛れもなくスクードがラルフに向

けて発した声だった。

——サリを泣かせたら容赦せんと言っただろう。本当にろくなことをせん奴だな。こんな真似を、二度とサリにさせるな！

石の怒りは本物で、ラルフはその怒気にあてられて皮膚がびりびりとする感覚を味わった。魔法によって再現されたスクードの声を聞くことに没頭するサリの様子がどこか異様だという感覚はあったので、慌ててサリの意識をこちらに引き戻す。

あとはもう、スクードの言いなりだ。

サリはスクードの声を聞くことから、スクードとの思い出を映像化することに夢中になり、その後もそれが続いている。

——サリの力を奪っておきながらサリの孤独を理解しようともせず、その孤独を煽るような真似をよくもするものだ。役立たずなら役立たずらしくせめて無害でいろ。お前はサリにとって出会った時からずっと有害だがな！

あの日、これ以上ないほど激怒したスクードの罵声がラルフに重く響いている。

幼い頃からサリの傍にあったという石の精霊が、誰よりもサリのことを理解しているということに他ならない。

サリの縋るようにスクードの声を求める姿を見て初めて、ラルフはサリが精霊たちの声を聞く力を失った意味について考えたのだ。

思い返せば、この小屋に来る前に、リュウがラルフに問うた言葉が甦ってくる。

魔法の力を失い、ひどい喪失に苛立っていたラルフにリュウがなんと言ったか。

『ある日世界から、いつも聞こえている音が全部聞こえなくなったら怖いと思わないか』

『サリにとっては、精霊たちの声が世界のすべてなんだ』

精霊の声を聞く力を失った時、サリが怖いと泣いていたともリュウは言ったはずだ。

攫われかけたエトをデューカの追っ手から取り戻した時も、スクードの声を伝えてやると、サリは泣いたのだ。

泣くほど石の声が聞きたいなんて、変わっているけれどサリらしいと自分は思わなかったか。

この山小屋に辿り着いた日、精霊たちがサリの帰還にわき、サリの髪をもみくちゃにしながら歓迎する最中、当のサリがどこか虚ろな表情をしていると感じなかったか。

自分の記憶を丁寧に辿っていけば、感情を露わにしないサリの内面を示す手がかりはそここに落ちていたのに。

サリにはラルフに対する怒り以外、人間らしい感情がほとんどないのだと決めつけていたのは自分だ。

魔法の力を喪失して、苛立ちや怒りを抑えきれなかったラルフに対して、精霊の声を聞く力を失ったサリがあまりに淡々と、平然としているように見えたせいもある。けれどそれは、サリがただ動揺を露わにする術を知らないだけだったのかもしれない。

エトを連れてこの小屋まで旅をしてきて、暮らし始めは色々あったが、否(いや)が応でも生活を共にすれば互いに見えてくるものがある。

おまけに、魔法の使い方を教えるために最近ふたりで会話をする時間が増えた。

分かったことは、サリが他人との会話にまるで適していないということだ。

端的で、正直で、明快で、相手に忖度(そんたく)することが一切ない。

「お前と話していると、精霊たちと話しているみたいだ」

多少嫌味も込めたつもりだったが、あっさり頷いたサリに通じた様子はまったくない。

「私の話し相手はいつも精霊だったからな。人との会話は難しい。オルシュは精霊にも人にも嘘を吐(つ)くなと言ったんだ。でも精霊は私が話しても怒らないが、人は私が話すといつの間にか怒るんだ。精霊たちと話す方が気楽だ」

本当に困惑して意味が分からないといった様子だったからラルフは呆(あき)れたが、今思えば、サリの会話の相手は公安局に入局してからさえ基本精霊相手だったということだ。

そんな人間が、精霊たちの声を聞く力を失ってどんな気持ちでこれまでの日々を過ごしてきたのか。

目の前で、精霊たちの声を拾うラルフやエトをサリはどんな顔をして見ていただろうか。ひとつも思い出せない。

それにしたって、あれほどの感情を溜め込んでいるのは良くない気がした。

スクードが、自身の声を聞かせるのを止めさせろと叫んだのにもきっと理由がある。

少しだけ悩んで、結局、ラルフは本人に確かめることにした。

サリは、こちらが問うたことには基本的に答えを返してくれる。気まぐれな精霊たちよりは余程素直に。

無愛想でなにひとつ喋らないと思っていたのはこちらの決めつけで、真正面から訊けば、大抵のことには淡々と答えるのだ。そんなことには素直に答える必要はないと、訊いたこちらが止めたくなるようなことまで。


エトが眠った後、いつものように小屋を出てクスノキの前に座り込んだ。

「今日は昨日よりも広い範囲に幻影を映してみようと思う。あの左端の木からそこの木まで。試してみてもいいか？」

ラルフが許可すると、サリは慣れた様子で眼前に大きな幻影を映し出した。

「これは？」

「隣の山奥にある滝だ。その滝の傍でしか採れない薬草があって、毎年オルシュと採りに行ったんだ。綺麗な滝だろう？　光があたって虹が跳ねるのを見るのが好きだったんだ」

淀みない口調で語る横顔に小さく笑みが浮かんでいることを、ラルフは密かに確かめる。エトがよく笑顔を見せるようになったとサリとも話しているが、サリだって自分に笑顔を見せるようになったと思う。

それとも、サリの喜怒哀楽にラルフが気づくようになっただけだろうか。

声を上げて笑ったり、破顔するようなことが少ないサリだが、実はよく笑っているのだとラルフはここに来て知った。

「サリ」

呼びかけると、声の真剣さに気づいたのか、サリは幻影を消してラルフの方を向いた。

どう切り出そうかと考えてはみたが、なにも思い浮かばなかった。

サリの右手首から、何を言う気だ、とスクードがびりびり警戒している空気が伝わってくるが、ラルフは構わずサリを見た。

「精霊たちの声が聞こえなくて、辛いか」

サリはラルフをじっと見つめ返した。

相手の言葉の意味を理解しようとする時、サリはいつもこちらの目をじっと見る。それがずっと苦手だったが、今はただラルフもサリの目を見ていた。深緑の目の奥にある感情を読むことが、ラルフにはできない。

いつもはラルフたちについてきて上空でざわざわと騒いでいる精霊たちも、今は何故か静まりかえっている。

どのくらいそうしていたのか、サリがぱちりと一度、瞬きをした。

「ああ」

低い声が届いた。

「辛い。とても」

「……そうだな」

それしか、ラルフには言えなかった。だがそれ以上に、闇に静かに響いたサリの声が胸に堪えた。

「そう、だな」

もう一度呻くように言えば、表情を変えたのはサリだった。

「この前のことで、あんたを心配させたのか」

「違う。ただ、俺はお前が余計なことを溜め込んでいるんじゃないかと思ってだな」

苛々と言えば、サリはそんなラルフを見ながら不思議そうに口を開いた。

「前に村まで私を迎えに来てくれた時も思ったんだが、あんた、私のことが嫌いなんじゃなかったのか」

「はあ？」

脈絡のない問いに思わず強い声が出たが、サリは変わらずきょとんとした顔をしている。

「ずっと、私のことを見下していただろう？　それなのに、最近のあんたは私をかなり対等に扱っている。どうしてだ？」

これだから、サリと話すのは嫌なのだ。

人の感情の移ろいや変化をまるで理解しない。

むっつりと黙り込んだラルフに対して気にした様子もなく、サリは目を細めた。

「まあいいか。私は今、ラルフが気に懸けてくれて不思議な心地がした。辛いと口に出すともっと辛くなるような気がしていたけど、思ったより平気みたいだ。そうやってラルフが聞いてくれたせいかな」

「他に、言いたいことはないのか」

呑気(のんき)に呟くサリに、ラルフは真顔で迫った。

「言いたいことがあるなら、今言え。全部言え。聞いてやる」

ラルフが本気で言っていることが分かったのだろう。サリの一瞬丸くなった目が徐々に元に戻り、凪(な)いだ。小さく息を吐く。

「それじゃあラルフ、ひとつ私の頼みを聞いて欲しいんだ」

サリの右手が光を帯びたかと思うと、手をかざした先に、人影が現れた。長身に、背の半(なか)ばまで流れる豊かな髪。

「……白銀(しろがね)か」

呟きながら、その人物が黒髪であることに気づく。ひどく白銀に似ていると思うのに、纏う雰囲気が違う。

一体誰だとサリの方を向けば、サリの目は一心に自分の生み出した幻影に向けられていた。

その表情は硬く険しい。

「新月。かつて、私が呼び出したバクだ」

何を言われたのか理解できず、ラルフは目を見開いた。


白銀がラルフを訪ねてきたのは、サリのバクを見た翌日のことだった。

クスノキの前でサリを待っていたら、銀色の影が近づいてきて、やあ、久しぶりとにこやかにラルフに手を振ったのだ。

「な、お前！　どうして！」

「サリはエトと一緒によく眠っている。今日は来ないよ」

「お前、サリに何かしたのか」

小屋の方に目を向け、一瞬で鋭い目つきになったラルフを、白銀は面白そうに見つめた。

「ぐっすり眠ってるだけだよ。心配しないで」

なだめるように告げて、白銀はラルフの前に立った。

ラルフが白銀を見るのはサリの家以来だったが、月の光を浴びた白銀は変わらず美しく、しかしあの日とは違う静けさを纏っていた。

「昨日、サリが君に頼みごとをしていたよね。僕も君にお願いがあって来たんだ」

「お前、いつからここにいる。エトが呼んだのか？」

「エトがここに来て僕を呼んだのは一度きりだよ。ただ、僕はいつでもエトの傍にいる。それだけだ」

白銀は言いながら、音も立てずにその場に座した。

ラルフも、つられて背筋を伸ばしたが、白銀の言葉を聞き漏らしたわけではない。

「エトは、お前を呼んだのか？　ここで？　いつ」

そんな素振りをエトは一切感じさせていない。ラルフはそのことに動揺した。

「君からの質問は受け付けてないよ。今日は僕の頼みを聞いて欲しくて会いに来ただけだから」

やわらかな口調と微笑みでラルフをあしらう様は前から少しも変わっていない。こういう奴だったと、ラルフのうちで苛立ちがわくが、わざわざ向こうから来たものを追い返す理由がない。

「サリじゃなくて、俺に？」

最初にエトを守れと白銀が託したのはサリだったはずだ。

ラルフの確認に、白銀は深く頷いた。

「うん、そうだ」

さらさらと音も無く銀髪が白銀の肩から流れ落ちる。

白銀は空を見上げ、ラルフを見つめた。

「もうすぐ嵐がくる。ひどい嵐になるだろう。だけど今のサリには頼めない。君しかいないんだ」

「どういうことだ」

白銀と同じように空を窺(うかが)うが、木々の合間から見える空には星が瞬き、風の精霊たちが騒いでいる様子もない。

眉を顰(ひそ)めたラルフを、白銀はにこりと見つめた。

「君はサリから、新月の話を聞いたんだろう？」

「……ああ」

当然のように新月の名を告げた白銀にラルフは目を瞠るが、直(す)ぐに、この魔物を相手に驚くだけ無駄だと思い直した。

昨晩、サリはラルフに、自分の願いを聞いて欲しいと、かつて自身が呼び出したというバクの姿を見せたのだ。

バクという生き物は皆、美貌の持ち主なのだろうか。

サリが魔法で呼び出した幻のバクも、今ラルフの目の前に座る白銀に劣らぬ美しい面立(おもだ)ちをしていた。

長身で、黒く艶やかな長い髪を持ち、白銀がやわらかで親しみやすい雰囲気を持っていることを思えば、サリのバク――新月の顔つきは締まっており、切れ長の黒い瞳が冷たそうにも見えた。

しかしその瞳がサリに向けられる時、新月の雰囲気は白銀がエトに向ける表情と変わらなくなった。

近寄りがたい雰囲気が一気に消え去り、愛情を湛えた瞳が一心にサリを見つめる。

魔法で呼び出した幻影だと思うにはあまりにも現実的で精度が高く、サリがこのバクの姿をこれまでにどれほど深く強く思っていたのかを、図らずもラルフに伝えた。

『オルシュに言われて、私は早々に新月とは別れたんだ。長く新月といると、新月が消えてしまうと言われてね』

瞬きもせず新月を見つめるサリの横顔からは、感情が一切排されていた。そうするよう、サリが必死に努めていたのだ。

そうしてしばらく新月を見つめていたサリだったが、やがて決心したように新月から目を逸らし、ラルフを向いた。

その場から、あんなにも鮮やかに存在していた新月の姿が消える。

『私が再び新月を呼び出さないよう、ラルフ、あんたの声を私に聞かせていて欲しい』

『どういう意味だ』

怪訝な表情を向けると、サリは少し狼狽(うろた)えた顔で視線をぎこちなく地面へと彷徨(さまよ)わせた。

『すまない。魔法の使い方を教えて欲しかったのは本心なんだが、こうして、魔法の話をしている間はラルフの声を聞いていられるだろう。昼間はいいんだ。エトとあんたが話している声がするし、動物や虫たちの声もする。でも、夜になって誰の声もしなくなると、ここは静かすぎて怖いんだ。世界から誰もいなくなったような気がする』

片膝を抱えて、その上に顎(あご)を乗せて背を丸くするサリが、本気でそう言っていることが伝わってきた。

『長い間、新月のことを思い出さずにいられたのに、エトと白銀に会ってから、どうしても新月を思うことが増えたんだ。思ってはいけないのに』

額を自身の膝頭に押しつけたサリは、随分(ずいぶん)小さく見えた。はあっと、息を吐く音がした後、サリは顔を上げた。ラルフはそこに、涙の跡がないことを確認して密かにほっとしてしまう。

『新月をまた呼び出すわけにはいかないんだ。今の私が会えば、今度はきっと、新月を解放することができない』

毅然(きぜん)とした声が告げるサリの内面に、ラルフは奥歯を噛みしめた。

バクは、深い孤独が呼び寄せるもの。

そう言ったのはサリだ。

「だから、サリには頼めない」

白銀が、ラルフの思考を読んだように告げる。

「そこで残るは君だ」

「なにをさせる気だ」

場違いににこやかな白銀の表情に、何故かラルフの背に冷たいものが伝う。こういう顔をする相手が、まともなことを言ってきたためしがないのだ。

「近いうちに、僕は理性を失い暴走するだろう。その時、どうか君には僕に進んで喰われて欲しい」

白銀はいつの間にか互いの膝のつく距離まで近づいて、ラルフの両手を強く握り締めた。

ぞっとして振り払おうとしたが、細くしなやかに見えて、白銀の力は強く、つかんだ手はびくともしない。

「ね、頼んだよ。きっとそうして欲しいんだ」

その日も、朝からいい天気だった。

陽が昇ってしばらくすると、風の精霊たちが我慢しきれずエトを起こしに小屋の上に集まってくる。

南側の木に巣を作っていた鳥の雛が孵ったとか、夜の間に雲を随分遠くまで運んだとか、銀色のバクと話をしたとか、エトが眠っている間のことを好き好きに話している。

エトが目覚めると大抵傍で寝ているはずのサリの姿はもうなく、エトは急いで着替えて、部屋の仕切りの布をくぐり、まだ寝ぼけ眼のラルフに挨拶してから小屋の外に飛び出す。

すると、外の釜で湯を沸かしているサリの背中が目に入る。

エトが声を掛ける前に、サリはこちらを振り返って、

「おはようエト、よく眠れたかい」

と聞くのだ。

「おはようサリ。よく眠れたよ」

そう答えるのが、エトの毎日だ。
水汲(みずく)み場で顔を洗い、サリが朝ご飯を作る手伝いをする。

ラルフが起きてきて、沢まで水を汲みに行こうと誘うのでエトもこれについていく。ラルフはいつも沢で顔を洗って、エトにも水を掛けて遊ぶから、エトはもう一度ここで顔を洗う。

水の精霊たちもふざけて、朝から服が濡れてしまうこともあるけれど、ここでは誰もエトを怒らないから平気だ。

ラルフと水汲みを終える頃には朝食ができあがって、部屋で皆で食べる。

「エト、今日は後で大事な話があるんだ」

珍しく食事の最中にサリがそう言ったから、エトは分かったと頷いた。

改まった調子で言われて少しだけ緊張したけれど、サリもラルフもいつも通りの様子だったから、白銀(しろがね)のことがばれたわけじゃないと安堵(あんど)した。

白銀を呼び出した後、エトは周囲の精霊たちに内緒にして欲しいと懸命にお願いをしたのだ。

エトが白銀を呼び出したことがサリたちに知られたら、きっと、サリとラルフの入れ替わった力を元に戻して欲しいと言われるだろうから。

もしそうしたら、エトとサリ、ラルフのここでの暮らしは終わってしまう。だから白銀をふたりの前で呼び出すことはできない。

エトはこの先もずっと、この山小屋でサリとラルフと楽しい日々を送りたいのだ。もちろん、そこに白銀がいてくれたら一番嬉しいのだけれど。

白銀を呼んで、強く抱き締められて、エトは心底安心した。長く会っていなくても、呼べば白銀は直ぐにエトの元へ訪れる。姿は見えなくても、いつだって傍にいてくれる。

今日、風の精霊たちと南側の木で生まれた鳥の雛を見に行くのは、サリの話の後にしよう。鳥の雛を見ようと、サリとラルフを誘ってみようか。三人で一緒に行けたら、もっと嬉しいし、楽しいはずだ。

最近サリが、魔法でたくさん綺麗な景色を見せてくれるから、そのお礼だと言ってみようか。サリが石のスクードとたくさんの思い出を持っているみたいに、エトとも良い思い出をたくさん持って欲しい。そうして、後にあの時一緒に見た雛が可愛かったと思い出してくれたら、どんなに嬉しいだろう。

朝食を終え、サリと並んで後片付けをしながらわくわくと午後の予定を思い描いていたエトは、だから、サリの〝大事な話〟の意味がよく分からなかった。

ここへ座って、と自分の真向かいにエトに座るように言ったサリの隣には、ラルフが座っている。

エトはおどおどとサリとラルフの様子を窺いながら、ふたりの前に正座した。

「あの、お話が終わったら、皆で鳥の雛を見に行きたい」

いつもとは違う雰囲気を敏感に感じ取り、エトはサリが口を開く前に聞いてみた。

「ああ、そうしよう」

「いいぞ。皆で行こう」

サリとラルフが即座に笑って頷いてくれて、エトはいつもと変わらないと安心したし、皆でお出かけすることが決まってわっと嬉しくなった。

だが、にこにこと笑みを浮かべるエトの目を、サリが真っ直ぐに見つめるのに気づき、小さく息を呑んだ。

「これから白銀についての大切な話をするから、落ち着いて、よく聞いて欲しい」

サリの口から、白銀の名が出たのはこの小屋に来て初めてのことだった。

やはり、白銀をこっそり呼び出したことが知られたのかもしれない。

エトの顔から笑みが消えた。心臓が大きな音を立て始め、エトは自分の膝頭をぎゅっと握った。

きっとサリは、自分とラルフの力を元に戻して欲しいとエトに言うつもりだ。そうしたら、ここでの生活が終わってしまう。

「エト、ここでの生活は楽しい？」

「……うん」

「私やラルフのことは、もう怖くない？」

「こわくない」

弾(はじ)けるように言えば、サリはそう、と嬉しそうに小さく笑った。こんな時でも、サリが笑うとエトは嬉しい。

「それじゃあ、信頼してくれていると考えてもいいだろうか」

「うん」

白銀の話をするのではないのだろうか。

サリの問いに一生懸命頷きながら、エトがそう思った時だった。

「それじゃあエト、これからは私と一緒にいよう。白銀には、さよならを言う時期が来たみたいだ。辛(つら)いだろうけど、白銀とはお別れしないといけない」

「……」

サリがなにを言っているのか、エトにはよく分からなかった。

小屋の屋根の上で風の精霊たちが早く遊びに行こうと騒いでいる声が急に遠ざかり、すべての音が消えてしまったようだ。

サリがこれからも一緒にいようと言ってくれた。それは嬉しい。エトにとってすごく嬉しいことだ。

けれど聞き逃せないことがあった。

どうしてサリが、エトの一番大切なものを知っているはずのサリが、白銀とお別れしなければならないと言うのだろう。

聞き間違いではないかと目の前のサリを見つめると、サリは落ち着いた声で続けた。

「白銀はね、本来、人と長く一緒にはいられない存在なんだ」

「うそだ！　シロは、そんなこと言ったことない。ひとりにしないって言った！」

エトの幸せを願っていると。いつだってそう言ってくれたのだ。

必死にそう告げたのに、サリは少しだけ悲しそうな目でエトを見て、頷いた。

「そうだ。エトをひとりにしないために、私とラルフの元に連れてきてくれた。本当は、白銀の役目はあの時に終わっていたんだ」

エトは首を横に振った。どくどくと、心臓が嫌な音を立てている。そんな話は聞きたくない。サリを困らせたくはなかったけれど、必死で違うと首を横に振る。

「長く人の傍にいると、白銀は役目を果たせなかった罰で消えてしまうんだ。エト、私を信頼してくれていると言っただろう？　エトが白銀のことを大好きなこと、知っているよ。だから、白銀を解放してやろう」

「いやだ！」

エトはただ叫んだ。

「そんなひどいことを言うサリはいやだ！」

サリの目が悲しげに歪むのを見て、エトはもっと悲しくなった。サリを悲しくさせたいわけじゃないのに。

「エト、サリはお前のことを考えて……」

「ラルフ、悪いが黙っていてくれ」

思わずといった風に口を挟んだラルフをサリが制している。

ラルフもサリと同じ考えなのだ。そう思うとエトは絶望的な気持ちになる。

なにか、白銀とお別れしなくて済む方法はないのだろうか。サリとラルフが納得する方法が。

服の裾を両手で握り締めて、エトは必死に考え、思いついた。

「だって、サリとラルフだって、力が戻らないと困るでしょう？　シロがいないと、戻らないのに！」

言い切った後、ひゅっと体の中が冷たくなって、エトは自分がひどいことを言ったと思った。

目の前にいるサリとラルフの顔を見ることができず、恐怖心からその場を逃げ出した。

エト！　と自分を呼び止めるふたりの声がしたけれど、立ち止まることなどできない。

「シロ、シロ、シロ！」

全力で駆けながら、エトは叫んだ。

「目を開けて、前を見て走らなきゃ危ないよ」

どん、と目の前に現れた白い影にぶつかって、そのまま強く抱き留められた。

相手が誰なのかなんて、エトには分かりきっている。

顔を上げてそこに白銀の笑顔があることを認めると、涙がどっと溢れた。

「シロ、私と一緒にいると消えちゃうの」

「……そういう時もあるね」

「どうしたら消えないの。ずっと一緒にいてくれるって言ったのに。どうしたらずっと一緒にいられるの」

「エト」

そっとエトの両肩をやさしく押さえた白銀が、不意に右腕を掲げてエトの後方を指差した。

「誰かが訪ねてくるよ」

ひっと、エトは喉を詰まらせた。


「貴様、これは一体どういうことだ」

額に青筋を浮かべ、拳を震わせているシンを振り返り、リュウはわざとらしく驚いてみせた。

シンの隣で、精霊使いのスリも憎々しげな表情を隠さない。

「どういうって、カルガノ局長の使いですが。国防に関する重要書類を、こちらの役所に届ける大事なお役目です。おふたりとも、ご存知でしょう？」

リュウたちの目の前に建つのは、ランカトルの東南に位置する中都市カルムの役所だ。

途中、高い山をひとつ越えて、王都から数日掛けて辿り着いたのだ。

デューカの私的な部下であるシンとスリは、道中、リュウが最初に勘違いした〝カルガノの寄越した護衛〟という役割に徹してくれた。ふたりとも多くを語ることはないが、まるで話をしないということもなく、リュウの世間話に付き合ってくれたお陰でそれなりに退屈せずに過ごすことができた。

それが今日、役所の前に着き、ここが目的地だと告げた途端、シンとスリの顔色が変わったのだ。

「俺、こんな重大な任務生まれて初めてで緊張してたんですよ。でも、おふたりが護衛についてくださってすごく心強かっ……」

「小癪な真似を！」

にこにことふたりに礼を告げようとしたのに、拳をわなわなと震わせたシンの腕が大きく振られ、次の瞬間、リュウの軽い体は地面に叩きつけられていた。

「勝手に騙されてついてきたのはお前らだろ。八つ当たりするなよ」

「サリの居所を言え」

呻きながらも憎まれ口を叩けばみぞおちを強く踏まれて、リュウは喘いだ。が、うっすらと目を開け視線だけシンの方に向け、口の端で笑ってみせる。

「知るかよ」

「嘘をつくな！」

「知ってたらとっくに行ってるんだよ！　こんな任務を与えられた俺の気持ちが、お前に分かるか！」

言うなり地面を握り締め、摑んだ砂を男の顔に向けて放てば、視界が白い光に染まった。

体中に痺れるような痛みが走り、意識が遠のく。

（くそったれ。魔法を向けやがった……！）

だが、これで第一の目的は果たせた。カルガノからサリへの、「本当の使い」が到着するまでの時間くらいは稼ぐことができたはずだ。

（ざまあみろ）

薄れていく意識の中で、リュウは思いつく限りの悪態を吐いた。


「……大丈夫ですか。しっかりしてください。私の声が聞こえますか？」

長い間眠っていたような気もするが、気を失っていたのはわずかな間だったらしい。

目を開ければ、そこは先程と変わらず役所の門前で、役人がリュウの体を抱き起こして顔を覗き込んでいる。自分たちの周りを、通りすがりの人々が取り囲んでいることにも気づいた。

辺りに視線を巡らせるが、当然、シンとスリの姿は見当たらない。

「あなたを殴りつけた者たちは逃げました。守護兵に追わせているところです」

リュウの様子に気づいた役人が教えてくれたが、彼らは捕まらないだろう。

痛む体を起こし、リュウは役人に礼を告げた。

「公安局局長カルガノの使いで参りました。急ぎ、市長に取り次ぎ願えますか。私は直ぐにまた発たなければならないのです」

サリの居場所など知らない、という自分の下手な演技を見抜かれるかとも思ったが、シンとスリの監視もうまく外れたようだ。

役人に促され役所に足を踏み入れる前に、リュウは一度、北の方角を振り返った。

（サリ、踏ん張れよ。俺も直ぐに行くから）

前方から誰か来ると白銀に言われたエトは、すぐ背後からもサリとラルフがやってくることに気づいて狼狽えた。

耳を澄ませば、風たちが歌っている。

――たくさんくるよ。

――村から登ってくる。

――もっとくるよ。

――たくさんたくさん登ってくる。

頭がいっぱいで、精霊たちの声を聞く余裕がまるでなかった。

たくさん、なにが来ると言うのか。村から登ってくるなら人？

人は恐ろしいが、逃げ出したサリとラルフの元へ駆け戻ることもできない。

結局、エトは両者から隠れた。白銀に消えるように告げ、草むらの中に身を潜める。

精霊たちはエトの味方だ。サリとラルフがエトの名を呼んでいるが、エトは両耳を押さえて必死で聞かないようにした。

その声が不意に途切れる。

「ラルフ！　ラルフか」

少し年嵩の男の声が聞こえ、姿が現れた。隣に、女性の姿もある。

出てきたのはふたりだけのようだ。

「ゴス？　イーラも？　どうしてここに！」

わずかに緊張が漂った後、ラルフの驚いた声が辺りに響いた。

「サリ、久しぶりね。カルガノ局長から話は聞いたわ。あなたに、局長から言伝を預かってきたの」

「……おひさし、ぶりです」

サリの戸惑った声に、エトは草むらを掻き分けて来訪者の顔を確かめ、その場に固まった。

檻（おり）に入れられ、大勢の観客の前で白銀を見せろと棒で突かれたあの日、舞台の周りにサリやラルフたちと立っていた人物の中に、あの顔があった。

心臓が大きく音を立て、エトは彼らに見つからないよう低く体を伏せた。

「あの女の子は？　元気になったのかしら」

イーラと呼ばれた女性の声がして、自分のことを話しているのだとエトは怯えた。一体なにをしに来たのだろう。

「あの、局長からの言伝というのは」

サリの声が緊張していることを感じて、エトもより一層身を硬くする。

「魔物……いえ、バクとあなたは呼んでいるのよね。早急に、解放させてほしいと」

「古い文献に残っていた記述から、公安局はバクを国民に害悪をもたらす可能性がある魔物として処理することになったんだ。だが、カルガノ局長はその前に我々を君の元へ送ることにした。お考えの意味が、分かるね？」

年嵩（としかさ）のゴスと呼ばれた男の言葉の意味がすべて分かったわけではないけれど、〝魔物〟や、〝害悪をもたらす〟という言葉、〝処理〟という恐ろしい言葉の意味はエトにも十分理解できる。

これまでに何度も、エト自身が聞かされてきた言葉だ。

「時間がないのですね」

どうしてサリが彼らを追い返さずに、淡々と対応しているのか、エトには理解ができない。

サリはエトの味方のはずなのに。

「エトを探して話をします」

強い意志をもったサリの声に、エトは小さく肩を揺らした。いよいよここから逃げなければと、視線を彷徨（さまよ）わせた時。

――人が来たよ。

――たくさん来るよ。

――どんどん来るよ。

不意に、精霊たちの騒ぐ声が耳に入ってきた。

（たくさん来る？）

なにが？

頭が真っ白になるエトの耳に、大きな声が突き刺さった。

「あんたたち、王都の人か！」

「イジが呼びに行った魔物退治の人たちだろう？　見張り台から、あんたたちが山に登るのが見えてな。その立派な身なりは王都の人だろう」

「自分たちの村のことだ。あんたたちだけに任せてはおけないからな。村の者たち皆で加勢に来たぞ」

ざっざっというくつもの足音と共に、幾人（いくにん）もの人がその場に現れた。

エトは目を見開いたまま、恐ろしくて動くこともできない。

新たに現れた一団は、それぞれ手に鎌や鍬を持ち、それを高らかに掲げて見せている。サリたちに向かって。

彼らが山の下に住む村人たちだということにエトは気づいた。

「お前たちいきなりなにを言っているんだ。その物騒なものを早く下ろせ」

ラルフが怪訝な表情をしながら彼らに向かって足を踏み出した途端、男たちがわっと叫んだ。

「黙れ！　お前も〝山崩し〟の仲間なんだろう！　その場から動くなよ」

「まだ他にもいるだろう。知っているんだぞ！」

「魔物退治の方、早くやっつけてください。あの女、あれが魔物です」

「落ち着いてください。なにか誤解があるようですね。彼女は公安局の局員です」

イーラは自身の体でサリを村人たちから隠すように立ち声をあげたが、興奮した村人たちが一斉にサリに向かって叫び始め、その声はひとつも通らない。

「なにを企んでいる！」

「また山を崩す気だろう！」

「不気味な奴！」

真っ青になるサリを村人たちの視界から隠すようにラルフがサリの手を引いて後ろへ下がらせたが、一度興奮した村人たちの勢いは止まらない。

（嫌だ）

サリに投げつけられる言葉の数々は、これまでにエトが投げつけられてきた言葉と同じだ。

（やめて）

——また来るよ。

——また来たよ。

耳を塞(ふさ)いでいるはずなのに、頭上をぐるぐると巡る風の精霊たちの声が遠く近くで響いている。

（なにが？）

「皆、安心しろ！　王都から魔物退治の方々をお連れしたぞ！　道をお開けするんだ！」

新たな声と共に、その身を黒い装束(しょうぞく)に包んだ一団が整然と現れる。

先頭で目をぎらぎらとさせている男だけが村人と同じような粗末な服装で、その目は真っ直ぐに正面に立つサリを見据(みす)えていた。

村人たちが、イジだ、イジが帰ってきたと口々に言い合っている。

イジと呼ばれた男は、黒い装束の一団にサリを示した。

「あいつです。あいつが俺の村をめちゃくちゃにしたんです」

「黙れ！　……お前たち、デューカ様の護衛隊か！」

ラルフの叫びに、エトは震え上がった。

デューカ。

　エトと白銀は、その名を持つ男に見せられるために、捕らえられたのだ。白銀を見て輝いた不気味な目を、エトは忘れることができない。

　とうとうここまで白銀を捕らえに来たのだ。

「子供はどこだ。デューカ様は、先日の非礼を詫びたいと仰っている。おとなしく手渡せば、子供の身の安全と生活は保障する」

　護衛隊のひとりが、サリたちに向かって告げた。

　それまで白い顔をして言葉を発することもできずにいたサリが、ラルフの影から姿を現した。

「断る」

　迷いのないその声に、エトはわずかに安堵する。

「なにを断るというのだ。デューカ様は子供とその魔物の面倒を生涯みようと仰っているのだ。お前も、子供が望むならこの場から助けてやるぞ」

　サリが震えながら口を開き掛けた時、イジが護衛隊に突っかかった。

「あんたなにをさっきからごちゃごちゃと言っているんだ。魔物は今目の前であんたが喋っているあの女だ！　早くあいつを始末してくれ。早く！」

「お前、いい加減に黙れ！　サリは公安精霊使いだ！　それ以上一言でも余計なことを言ってみろ。公務執行妨害で、この俺が、お前を捕らえてやる！　俺のパートナーを、二度と侮辱するな！」

ラルフの怒りが辺りを震わせ、その怒りに呼応するように木々が不自然にざわめき始める。ラルフが決して自分に怒ったわけではないと分かっているのに、エトはその怒鳴り声が恐ろしくて、息を荒くした。

（怖い）

――エト、泣かないで？

――エト、大丈夫？

ここにいることは誰にも言わないで欲しいと頼んでいたのに、精霊たちが小さくなって怯えるエトを心配して次々に声を掛けてくる。

こんなことをされては、きっと――。

「あの草むらに、子供が」

護衛隊のひとりが、ぱっと声を上げた。

瞬間、何十という目がエトに注がれる。

「エト、走れ！」

サリの叫ぶ声がして、エトは弾けるようにその場から駆け出した。

「いたぞ！　捕らえろ」

護衛隊の声。

「おい、魔物はどうするんだ。魔物が逃げるぞ！　早くあいつを殺してくれ」

イジの声。

「サリ、お前も逃げろ！」

ラルフの声。

「逃がすか！　サリを追え！　魔物を捕らえろ！」

村人たちの声。

「振り返るな。エト、行け！」

振り絞るようなあれは、サリの声。

(怖いこわいこわいこわい)

サリは魔物なんかじゃない。

魔物なんかじゃないのに。

エトと白銀を誰かが捕まえに来た。

きっとまた檻に入れられる。

(いやだいやだ)

エトはただ、サリとラルフと白銀と一緒にいたいだけなのに。

悪いことなんてしていない。

それなのに、どうして皆、エトからすべてを奪おうとするのだろう。

白い光が背後からいくつも飛んできて、エトの足を弾いた。そのまま、動けなくなってしまう。

誰かの腕がエトの体を抱き上げる。

「エトを離せ！」

顔を上げると、多くの村人に取り押さえられたサリとラルフの姿が目に入った。

ラルフが大声でなにかを叫んでいる。

誰かがそのラルフの顔を強く殴りつけた。

(消えてほしい)

エトは思った。

サリとラルフを傷つけようとする人たちすべて。

エトから、大切なものを奪おうとする人々すべて。

「駄目だエト、願っちゃいけない！　駄目だ！」

遠くで叫ぶサリの声も、もうエトには聞こえない。

「消えて」

白銀の影がエトの前に降り立ち、嵐のような風が辺り一面を薙ぎ払った。

一瞬のことだった。

そうしてその場から、すべての人影が消えてしまった。

—美しい魔法—

――公安魔法使いを目指す君たちにひとつ私から助言するならば、美しい魔法の使い手になりなさい、ということだけです。

ラルフがまだ魔法使いのための高等学舎に通っていた頃、教師である老魔法使いがそんな話をしたことがある。

クラスの大半が公安魔法使いを目指している、学舎の中でもとりわけ魔法の力ある者たちが集(つど)う選抜クラスでのできごとだった。

いつも魔法の理論や公式について教えている老魔法使いから出たとは思えない発言に、教室は俄(にわ)かにざわめいた。

「先生、『美しい魔法』という表現は随分(ずいぶん)主観的に過ぎませんか。定義が曖昧(あいまい)で、不明瞭(ふめいりょう)です」

即座に飛んだ指摘に老魔法使いは鷹揚(おうよう)に笑ってみせ、君はどう思う？　と問い返した。

「見た目に美しいということですか？　公安魔法使いの方々が年に一度国王の生誕祭で打ち上げられる花火はとても美しいと思いますが……」

公安魔法使いの本来の職務は国防にある。そういう意味ではあるまいと、言いながら気づいた発言者の表情が困惑したものになる。

他には？　と笑いながら老魔法使いが続けると、学友たちは口々に意見を述べた。

「治癒(ちゆ)や修繕(しゅうぜん)などの、破壊されたものが再生される魔法は、見ていて美しいと感じます」

「無駄のない魔法ではないでしょうか。人命救助などの場では、迅速な対応が求められます。状況に即した魔法を的確に使うということでは？」

「強い魔法が美しい魔法だと思います。公安魔法使いの皆さんが集い、古い建物を一瞬で崩すところを見たことがあります。派手でかっこよくて、言い換えれば、美しかったと思います」

ラルフは、強い魔法が美しい魔法ではないかという考えに共感した。

圧倒的な強さにはそれ特有の美しさがある。

自分も、他者から美しさを感じられるような魔法を使ってみたい。

将来は公安局局員として働くのだ。魔法を駆使して国家守護の任に就く自身を想像すると胸が躍った。

一通り意見が出そろったところで、老魔法使いは豊かな眉の奥に埋もれてしまいそうな目を細くしてこう告げた。

「私の考える美しい魔法とは、心ある魔法のことです。公安魔法使いとは国と人とを守護する職です。我々魔法使いは、生まれながらに恩恵を授かった事実を謙虚に受け止めなければなりません。美しい魔法は他者の心に届き、その先にある人々を笑顔にするでしょう。魔法には常に使い手の心が宿り、使い手の心が映し出されるものです。どうか皆さんがこれから先も私の言葉の意味を真摯に考え続け、皆さんが守るもののために美しい魔法を追求し続けてくれることを望みます」

級友たちはあの老魔法使いの言葉を聞いてなんと言っていただろうか。

多くの者たちは、ぽかんとした顔つきになっていた気がする。

そんなことは分かっている、と誰もが思ったからだ。

魔法の力はほとんどが生まれつきのものだ。

故に、特別な力を有する権利を得た者にはそれを持たずに生まれた者に対する義務があると、魔法使いたちは幼少期から口を酸っぱくして教えられる。

特別な力を徒に他者に向けてはならないし、もし魔法の力を他者に、特に魔法の力を持たない者に向けることがあるなら、それは相手を守るためでなければならない。

人にやさしく、正しく魔法を使うことを覚えなさい、と。

つまり老魔法使いは、これまでラルフたちがさんざん親や教師たちから言われ続けてきたことを、「美しい」と言い換えてみせたのか。

他者から後ろ指をさされることのない魔法の使い手になれ。冷静な判断のもと、状況に即した魔法を的確に使い、国民と国家を守る人物になれ。

美しい魔法で人を笑顔にするとはそういう意味だとラルフは理解した。

その後予定していた通りに公安魔法使いとなり、赴任地で数々の問題を迅速に解決し、歴代公安魔法使いの中でも最短で王都守護の任に就いた自分は、疑いようもなく「美しい魔法の使い手」であると、ラルフは強く信じていた。

サリが養い親と住んでいたという小屋に辿り着いて既に三日が過ぎた。

毎日毎日、慣れない肉体労働をさせられて体の節々が痛みを訴え、疲労困憊しているはずなのに、今日は妙に目がさえていつまでも眠気が訪れない。

ラルフは目を開けて、丸太の並んだ未だ見慣れない天井をぼんやりと眺めている。

外見は粗末だが、太い梁が渡された頑丈な造りの小屋だ。

ラルフには最初この小屋が人の住まいだとは思えず、物置き小屋にしか見えなかった。実際、ラルフの実家にはこれと同程度の大きさの用具小屋が庭園の隅に建てられている。

ラルフが王都ザイルに構える邸宅の書斎よりわずかに広いだけの一間がこの小屋のすべてで、扉を開ければ部屋の奥までが見渡せる。仕切りひとつないその無防備さにラルフの方が所在ない気持ちになり、部屋の真ん中に毛布とマントをかき集めて仕切りを作らせたくらいだ。

サリとエトは今、その仕切りの向こうで眠りについている。

王都からここに辿り着く間に気づいたが、サリもエトも眠る時には死んだように静かに眠る。

寝息ひとつ聞こえないほどに。今も、仕切りの向こうからはなんの音も聞こえない。人の気配すら感じられない。

それでもサリやエトがこの向こうで眠っていると思えるのは、風の精霊たちが今もしきりに小屋の上を行き来してなにごとかを囁き合っているからだ。山に入ってから精霊たちの声が格段に増え、未だ精霊の声を聞くことに慣れていないラルフの耳にはその声すべてを明確に拾うことは困難だが、ここに来て三日目ともなると、さすがに小屋周りの声には慣れてきた。

彼らは大抵小屋の上に集まって、サリの名を呼んでいる。今はサリとエトが眠っていることを知っていて、直接呼びかけるようなことはしない。

ただ、サリとエトが今日どんなことをしていたのか精霊たち同士で話をしているのだ。サリによく怒鳴りつけるラルフのことはよく思っておらず、悪口のようなものの他は話題に上(のぼ)ることもない。

基本、精霊たちは人に親しく交わらないと聞いていたし、サリもそう言っていたような気がするのだが、ここの精霊たちの様子を見聞きしているとそうは思えない。

この山に住む多くの精霊たちが、どんな形であれサリという存在を気にかけているようにラルフには感じられる。サリが彼らの声を聞くことができないと知ってさえ、熱心に話しかけようとする精霊たちのなんと多いことか。エトはかなり慣れてきた今になってもなかなか自分からサリに話しかけるということができないようだが、精霊たちの声を伝えるのは自身の役目だと固く信じていて、精霊たちがサリに話しかける声をよく聞いてサリに伝えている。

なかなか眠れないのは、精霊たちの声が煩（うるさ）すぎるせいかもしれないと、ラルフは体を傾けると耳を床に押し付け、もう片方の耳に首から提げている水色の石を宛（あて）がい集中してみる。エトが選んでくれた石の精霊ジーナはラルフにいつも静けさをくれる。

そもそも、ここに溢れているのは精霊たちの声だけではない。夜風にざわめく木々の葉擦（はず）れの音や、すぐ傍（そば）で鳴いているように聞こえる夜の鳥たちの声、虫の声に羽音、獣の声に足音、水の流れる音まで聞こえてくる。

これまでにも山と呼ばれる場所で過ごしたことはあるが、こんなにも奥深くではなかったし、どこにおいても人の声や気配の方が断然大きく、自然の音をこれほどまでに騒がしいと感じたことはなかった。

ここでは、人よりも自然の方が存在が大きいのだということをひしひしと感じてしまう。

水色の石をしばらく耳に押し当てていると、小屋の上に集う風の精霊たちの声が遠くなっていくような気がしてほっとする。

それでも、まだ眠りは訪れそうにない。

目を閉じてみると、今度は枯れた草花特有の匂（にお）いが気になった。

サリの養い親が薬草を扱（あつか）っていたとかで、部屋の奥には薬草棚が並んでいる。もうその中身は処分してあるとサリは言っていたが、長年この小屋で薬草を扱ったことで、小屋そのものに様々な薬草の香りが染みついているのだろう。

サリは懐かしい香りだと目をわずかに細めたが、鼻の奥がツンとして、幼い頃風邪をひくと医者に飲まされた苦い薬湯(やくとう)を思い出し、ラルフは好きになれない匂いだと思った。

長くここで暮らしていると、薬草の匂いがラルフの衣服にも染み付きそうだ。

ぞっとするな、と思いながら不意に顔の正面に何かの気配を感じてラルフは目を開けた。

「！」

すぐ目の前に、ヤモリの顔があった。薄暗がりの中で目が合う。

かろうじて悲鳴だけは押し殺したが、ラルフは凄(すさ)まじい速さで逆方向に身をひねり飛び起きた。

そんなラルフの動きに驚いたのか、そもそもこちらのことなどまるで気にしていなかったのか、ヤモリはするすると床の上を走ると壁を登り、暗闇の中に紛(まぎ)れてしまった。

ラルフの様子を見ていたのだろう。風の精霊たちがキャキャキャと楽しげに笑う声がおりてくる。

（くそ、忌々(いまいま)しい）

心臓が大きく跳ねている自分に苛立(いらだ)ち、ラルフは内心で悪態をついた。

この小屋には人以外のものがいくらでも入ってくる。蜘蛛(くも)や小さな虫ならともかく、ヤモリが室内に入ってくるなど、王都の邸宅ではありえないことだ。

一瞬のうちに冷や汗までかいている。

やり場のない怒りを鎮めようと肩で大きく息をしたがそのまま寝転ぶ気にもなれず、とうとうラルフは小屋の外に出た。

――ヤモリが怖いの？

眠っているエトを気遣ってか、ラルフの眠りのためか、小屋の中では喋らなかったジーナがさっそくラルフをからかってくる。

「ふざけるな。突然目の前にいたから驚いただけだ。喉が渇いたから出てきたんだ」

――水瓶は通り過ぎたわよ。

「沢まで行く。少し黙れ」

――苛々しちゃって。感じ悪いわねぇ。

ジーナは文句を言ったが、ラルフの要求通り黙った。怒っているだけかもしれないが。

夏を前にした山の夜はまだ少々肌寒いが、今のラルフには心地よく感じられた。それに、小屋に充満していた薬草の香りが消えて胸がすっとする。

ひとり小屋を出てきたラルフに気づいた風の精霊たちがたちまち後を追いかけてきて、なにごとかやかましく喋っている。

――うるさいのが出てきたぞ。

――ヤモリに脅えて逃げ出してきた。

——今日もサリを怒鳴っていたよ。

——なんにもできないくせに偉そうだよね。

「うるさい」

小さく呟いたつもりが、しっかりと向こうには聞こえたらしい。

キャキャキャキャキャと途端にラルフを風が取り巻くのが分かった。

——うるさいって！

——うるさいだってー？

——静かにしてたのに！

——もっとうるさくできるのに!!

わんわんと耳元を掠めていく風の精霊たちが増えていくのを感じてぞっとし、ラルフは慌てて空に向かって謝罪する羽目になる。

精霊たちが本気で喚き散らすと、脳みそが揺れるほどの衝撃が訪れることを身をもって体験している。二度とあんな目には遭いたくない。

「まだお前たちの声に耳が慣れていないからうまく言葉が拾えないんだ。うるさいと言ったのは悪かった。サリやエトたちが寝ている。控えて欲しい」

ラルフが自身のことを話している時にはむしろ煽るように風の精霊たちの声は大きくなっていったというのに、サリとエトの名前を出すとその声はぴたりと止んだ。

その変わりように思わず舌打ちしそうになるが、ラルフはなんとか苛立ちを呑み込んだ。

山の夜は月影があればかなり明るい。木々の枝に遮られた場所は暗闇になるが、沢までの道は月に照らされていて問題なく辿り着くことができた。

それでなくとも、水汲みのために何度となく往復した道だ。

——あいつがまた来た！　また来たよ！

——水汲みか？

——へたくそが来た！

——また怒るかな。

ラルフが沢に近づいていくと、次に騒ぎ出したのは水の精霊たちだ。

水の精霊というものは常に流れ続けて常時同じ場所にはいないものと考えていたラルフだが、サリに拠れば、水の流れに合わせて遠くへ行くことを楽しむ精霊もいれば、その場に留まることを望む精霊たちもいるとのことで、この沢に一番長く留まっている精霊は、嘘か本当かこの沢ができた頃から存在しているらしい。

風の精霊たちと同様に、水の精霊たちも好奇心が旺盛で悪戯心が強く、サリと共に現れたラルフを興味深く興奮気味に迎え、その初日、幾度となく水汲みに失敗するラルフを容赦なくからかい楽しんでいた。

ラルフが苛立ちや憤りを見せるとより喜び、いっそう激しくからかってくるのでしまいにはラルフの方が怒り疲れてしまった。

相手にするまいと決心して唇を固く結んで沢のほとりにしゃがみ込み、水をすくおうと両手を差し入れた途端、鋭い痛みがはしり、ラルフは奥歯を噛み締めた。

手のひら、指の付け根あたりにできたマメが潰れたのを忘れていた。

傷がじんじんと痛むのに、下手に騒げばまた精霊たちにからかわれることを思い、なにごともないふりをして両手に汲んだ水に口をつける。

傷口に塗っていた薬草の苦い味がしたが、冷たい水が喉を流れると多少ほっとした気持ちになった。

ここに来て唯一よかったと思うことをあげるとするならば、水は王都のものより美味しいということだろうか。

――なにしに来た。

――サリはどうした。

――今日は怒鳴らないのか？

「……」

いや、腹の立つことを言わないであろう王都の水の方がきっとマシだ。それとも、あの場所の精霊たちも似たようなことを言い合っているのだろうか。

一気に手のひらの水を飲み干すと、服に濡れた手を押し付けて拭いた。王都にいれば考えられないような所作だが、誰もいないこの山奥では少々の無作法は許されるだろう。

その場にあぐらをかき、まだじんじんと痛みを訴える両手を覗き込む。ちょうど指の付け根辺りが赤々として、無残なことになっている。

原因は分かっている。ここに来た初日に重い水桶を天秤棒の両端にぶら下げて沢から小屋まで何往復もしたこと、翌日、斧を振り上げて薪割りをしたこと。天秤棒をうまく扱えず、結局はひとつの水桶を提げて往復することにしたが、水桶を吊るしていた荒縄を強く握りしめているうちに既に皮が裂けていた。治る間もなく斧を握り締めたことでマメもできて、今日再び薪割りをしているうちに潰れてしまった。

風が掠めてもひりとするこんな自分の手を見るのは、まだ満足に魔法を扱うことのできなかった子供の頃以来のはずだ。

親兄弟親戚と治癒の魔法に優れた者たちが大勢いたため、その怪我も、仕置きの意味を込めて放置されたとしても二日以上続くことはなかった。

だが今、ラルフは魔法を使うことができない。

この傷は恐らく大事にしておけば数日で新しい皮に覆われるのだろうが、明日も明後日もサリはラルフにここで生活するための仕事を申し付けるだろうし、その間、傷が癒えることはないだろう。

見慣れぬ自身の手を見つめていると、思わず、深い溜め息が出た。

両手を握り締め、ふと目についた爪の間に土が入り込んでいるのに気づく。これは草むしりをした時に入り込んだものだろう。それを取る気にもなれず、水面に反射する月明かりを見るともなしに眺めた後、ラルフはぼんやりとうなだれた。

なにも言わないラルフに飽きたのか、水の精霊たちの声はいつの間にか止んでいる。

しばらくそのままの状態でいると、それまで黙っていたジーナの声が胸元から静かに響いた。

——落ち込んでいるの、ラルフ。

ラルフは答えなかったが、ジーナの問いが正しいことは知っていた。

自分は今とても、落ち込んでいる。

それを認めることはとても惨めで悔しく同時に恐ろしいが、認めざるをえないほどに肉体が疲れているのだと思うことにする。

魔法の力を奪われて以来、ラルフは常に怒りと苛立ちと恐怖に支配されていたと言っていいだろう。

これまで簡単にできていたことがなにひとつできない。

その苛立ちと焦りは言葉で表せるものではない。

それでも、自身の力が返ってくる可能性があると思えばこそ、現状に耐え、状況をよく把握し、力を取り戻すために最善の努力をしようと、ここに辿り着くまでの間に考えられるようになった。

魔法が使えずとも、街や村、ある程度人がいる場所で生活するぶんには問題がなかったのだと、今ならば思える。

水も火も食事も、金を出しさえすれば簡単に手に入った。

水の補給を自身でする場合も井戸水を汲み上げればよく、魔法が使えれば負担が少ないとは思ったが、その程度のことはラルフにも簡単にできた。

だが、ここでの生活はどうだ。

サリは当然のように自身で火を熾（おこ）すための薪を割り、食事を作った。初日こそ村であらかじめ調達しておいた材料を使用したが、二日目からは川に罠（わな）を仕掛けて自前で魚を調達し、もちろんそれらを自身で捌（さば）き、山菜や果実を採（と）り、当たり前のように食材を用意してみせた。

幼いエトでさえ、ここに着いた初日から文句ひとつ言わずに部屋の掃除を済ませた後は、サリの後をついて更に仕事を求め、火を熾すための枯れ草を拾い、サリが割った薪を手際よく一ヵ所に集め、翌日からは食べられそうな山菜や果実を自ら率先して採ってきた。薪だって危なげなく割ってみせた。

この場所で、自分がなにをすればいいのかはっきりと分かっている様子だった。

食事が済んだ後も、エトはすぐに自身の食器を片付け、洗い場に持ち運び、サリやラルフの食事が済んだことを確かめると、その食器も下げて洗おうとする。

エトの仕事は部屋の掃除だとサリが最初に決めたのに、ひとつの仕事が終わる度（たび）になにかすることはないかと問うので、エトの仕事は徐々に増えつつある。

　いくらなんでも幼い子供に働かせすぎだとラルフが抗議したが、サリはそんなラルフのことを理解ができないという目で見る。

　それにラルフには信じがたいことだが、ラルフがサリに抗議しようとすると、エトはラルフの方を必死で止めるのだ。

「あたし、ちゃんとしごとできる」

　その様子があまりに切羽詰まっていて、ラルフは自分が悪いことをしているような気分になる。

「ここでのルールもあるが、あの子は仕事をしている方が安心するんだ」

　サリに言われたことも、ラルフには理解しがたい。

　子供というのは大人の庇護のもと、よく食べよく学び、よく遊ぶ生き物であるべきだ。ラルフはそう思ってきたし、ラルフ自身を含めて周辺にいた子供たちは皆そうだったからだ。

　だがエトはサリの後を始終ついてまわり、なにかすることはないかと一生懸命聞いて、口数の少ないサリが素っ気ない口調でたった一言「ありがとう」とか、「よくやってくれたね」という誉め言葉とも思えないような礼に俯いて、恥ずかしそうに小さく笑うのだ。そうして、まだ手伝えることはないかと言い始める。

　エトのそんな笑顔を見るとラルフはいつも胸の奥が苦くなる。エトと過ごす時間が長くなるにつれ覚えた感情だった。ラルフが知らなかっただけで、この子供はこれまでの日々をこうして生きてきたのだと思い知らされるからだ。

だが、今日の夕刻、エトが恐る恐るというようにラルフに得体の知れない薬草を示した時に込み上げてきた苦い気持ちは、いつものそれとは全く違うものだった。

サリは初日にラルフに水汲みを命じたが、翌日には薪割りをするよう言ってきた。

三つある水瓶すべてを満たすよう言われたが、その日ラルフが満たすことができたのは一つだけで、とてもこの仕事を任せることができないと判断したのだろう。サリは翌日からの水汲みの仕事をエトに振った。

エトにあんな重労働をさせる気かと目を剝くと、サリは自身がここに来た時の最初の仕事も水汲みだったからと特にエトを気遣う様子もなく、命じられたエトも分かったと当たり前のように受け入れて、ラルフは口ごもった。

翌日、エトは水桶ひとつを両手で持ちながら沢まで何往復もして、水瓶二つをいっぱいにした。

顔を真っ赤にして汗をかきながら歩くエトが心配で、ラルフが思わず手伝おうとするとエトは驚いた様子で、これは自分の仕事だと呟いた。

「水をくむのはなんかいもやったことある」

「だが手が痛いだろう。皮が剝けるぞ」

「むけないよ。だいじょうぶ」

そうしてエトは小さな両手を開いてラルフに見せてくれた。エトの手のひらは子供のものにしては随分固く、指の節にも手のひらにも不似合いな小さなマメがあることに初めて気づいた。ラルフは自身の手のひらをエトからそっと隠した。

水桶の水をラルフは大量にこぼして歩いたが、見ているとエトは上手にバランスをとってほとんど水をこぼさずに歩いている。

その日課されていた薪割りもラルフは当然うまくはできず、情けない気持ちを振り切るように力任せに斧を振るっているうちにマメが潰れた。

火を熾すために必要な枯れ枝を見つけることもできず、初めてした草むしりでは根までむしれていないとサリにやり直しを命じられ、掃除をすれば適当すぎると注意され、罠にかかった魚を数匹逃がし、捕まえた魚を捌く感触が気持ち悪く捌けず、結局見かねたサリが捌いた。

物心ついてこの方、ラルフには「うまくできなかった」という記憶がない。

生まれつき魔法の力を持ち、身体的にも頭脳的にも恵まれ、ある程度のことは初見でも器用にこなせてしまえたのだ。

だがこの小屋に来て以来、ラルフには「うまくできた」ことがひとつもない。

サリやエトが当然のようにこなすなにもかもがラルフにとっては初めてのことで、これまでは魔法の力で見様見真似でもある程度形になっていたものが、なにひとつ形にならないどころか、失敗に失敗を重ねて仕事が増える始末。

そういう人間を、ラルフはこれまで理解できないと思っていた。

目の前に手本があり方法が分かっているのに、まったく結果が出ないなどということがあるだろうかと。それは当人の理解不足、努力不足であって、才能や持って生まれた身体能力のせいにするなど恥ずべきことだと。

精霊の声をよく拾うサリに対しても、ラルフはこれまでにさんざん強い態度で接してきた。

魔法使いは精霊使いの拾う精霊たちの声がなければ行動できないなどと揶揄されるが、所詮、精霊使いは「聞く」ことしかできない存在にすぎない。自らを身の危険にさらし、起こる災害や危機から人々や環境を守ることができるのは魔法使いである自分たちなのだからと思っていたのだ。

精霊の声を拾うサリの指示が遅ければ容赦なく怒鳴りつけたし、精霊たちの言葉の解釈が間違っていたと報告をあげてくる時にも強く責め立てた。

ただ声を聞くだけのことがどうしてできないのかと。

サリがラルフのことをひどく嫌っていることは知っていたものの、そんなことは歯牙にもかけずにやってきた。サリが業務上必要な情報をラルフに持ってくることを怠りさえしなければそれで良かったからだ。

魔法の力と精霊使いの声を聞く力が入れ替わった後、激しく動揺した自分と比べあまりにも冷静なサリの様子に多少居心地の悪い思いをしていたが、ここに来て、サリとラルフの立場は完全に逆転したように感じられた。

水汲みひとつできないラルフをサリがさぞ馬鹿にするだろうと思えば、サリがこちらに助言めいた話をしようとする姿も鬱陶しく、屈辱で苛立ちしか感じなかった。

次から次へと新たな仕事を振ってくるサリは、ラルフがなにもできないことを確かめて嘲笑し、これまでの鬱憤を晴らしているのではとも考え、なんとか挽回しようと与えられた仕事に取り組んでみるものの、結果はどれも無残なものだった。

ラルフの頭の中には、水汲みのイメージも薪割りのイメージも、川魚を捕えるイメージもきちんとあり、魔法さえ使えればすべては完璧にこなせるだろうと思われた。

力が入れ替わった時にはサリが自身の力を使うなどありえないと思っていたが、そもそも、サリがラルフの魔法の力をうまく使いこなすことさえできていれば、自分やエトがこんな苦労をする必要はなかったのではと矛盾したことさえ考えた。ラルフは、多少なりとも精霊の声を聞く日々に慣れようとしているのに、サリは魔法を使うことはまるで念頭にないようだ。

今日の夕刻、小屋周りの草を根からきちんと抜くようにと、いつもの淡々とした表情でサリにやり直しを命じられ、苛々としながら力任せに雑草を引き抜いていた時だった。

「ラルフ、これ、ぬって」

いつの間にか背後に立っていたエトが、小さな椀をラルフに差し出してきた。

椀の中には揉まれたような濃い緑の草の塊が入っており、鼻の奥を刺すような臭いがする。

「なんだ、これは」

振り返って訊くと、エトは一歩後ずさったが、ラルフの顔を見て答えた。

「傷によくきく草。あたしがとってきて、サリがよくもんでくれた」

ラルフは咄嗟に手のひらを握り締めた。サリもエトも気づいていたのか。

恥ずかしさが込み上げ動くことができずにいるラルフを不思議そうに見ていたエトは、次第に不安そうに眉を下げつつも、薬草の入った椀をぐいと差し出してきた。

「手、いたいでしょう。そのままにしておくとよくない。サリもしんぱいしてた」

心の底からこちらを気遣う声に、かっと耳が赤くなるのが自分でも分かった。

「……どうやって使うんだ」

努めて平静を装って声を絞り出せば、エトは素直にほっとした顔をした。

「沢で手をあらって、あかいところにもみこむんだよ。やったことある?」

たった三日で、エトはラルフになにをするにもまず最初に経験の有無を問うようになった。

それほど、ラルフには未経験のことが多かったのだ。

それは単純な確認作業で、エトにラルフを揶揄うような意識はもちろんまったくない。知らないと言えばエトは言葉少なだが熱心に教えようとしてくれる。

「いや、ないな」

ため息を吐くように答えれば、エトは大丈夫とでも言うように頷いてみせた。

「あたしできるよ」

「教えてくれるか？」

「うん」

ひどく真剣な顔をして沢にラルフを先導するエトの後ろからついていく途中、窯に火を熾していたサリがちらとこちらを窺うのが見えた。ラルフがエトと共に行く姿を見てサリもまたほっとした顔をしたのに気づいた。

水汲みから始まり、ラルフがなにもできないことに驚きはしたものの、サリはできないことを揶揄したことは一度もない。できなかったからとラルフを責め立てることもなければ、もちろん、何故できないと怒鳴りつけるようなこともしなかった。

本当は、そんなことは分かっていた。

ラルフが勝手にサリに指摘を受けることに屈辱を覚え、助言を拒み、馬鹿にしているに違いないと思い込みたかっただけだ。

（ばかばかしい）

自身の胸のうちに巣くっていた理不尽な憤りの代わりに、猛烈な羞恥心が込み上げてくる。

こんな風に自分が、自分の弱さと向き合うことができないという事実を知りたくはなかった。

なにより、魔法の力をなくした自分が失ったものは、公安魔法使いという職だけではないのだということをまざまざと思い知らされ、これまで以上の落胆と恐怖を覚えた。

ラルフが今まで大抵のことを小器用にこなせてきたのは、すべて、魔法の力のお陰だったということが初めて心の底から理解できたのだ。

魔法の使えないラルフは、なにもできない。

傷薬ひとつ作る知識さえないのだ。

皮の剝けた痛々しい手のひらは、そのまま、魔法の使えない生身のラルフそのものを示しているように思えた。

弱く、愚かで、無力。

これまでのラルフの人生には存在しなかった言葉が無数に浮かんでくる。

もしこのまま魔法の力が戻らなければ、自分はそういう存在になるのかもしれない。

王都から遠く離れた山奥で、沢を流れる水音を聞きながら、ラルフは際限なく込み上げてくる恐怖と孤独にひとり体を硬くした。

自分でも不思議だとは思うが、己（おのれ）の無力を強く認識したせいか、あの夜以降、ラルフは妙に腹の据（す）わった気持ちになった。

ここには自身の力を取り戻しに来たのだと思う一方、このまま魔法の力を取り戻せなかった場合のことを強く考え始めたのだ。

これまでのラルフならば決して、そんな後ろ向きで消極的なことは考えなかったはずだ。魔法の力さえ戻れば、すべては元通りになるとただひたすら己を鼓舞（こぶ）しただろう。

だがその時のラルフはあまりになにもできない自分に落胆（らくたん）して、ひどく弱気になっていたのかもしれない。

なんにせよ、ラルフは己に課題を与えた。

もし魔法の力が戻らなかったとしたら、ラルフに残るのはサリの精霊の声を聞く力だ。

初めて精霊の声を聞いてからというもの、単純にこれまで知らなかった世界に触れた驚きと共に感動を抱いて接してきたが、もし今後この力を自分のものとして生きていくことを考えるならば、向き合い方を変えなければならない。

つまり、精霊の声をサリと同じ精度で聞き、そこから得る情報を精査することができるようになること。精霊の声を聞く力を、己のものとすることを意識する必要がある。

公安精霊使いであったサリと遜色ない能力を発揮できれば、公安局局員としての務めを果たすことは可能だ。

そのためには精霊たちの特性を把握し、今はまだ雑音のように聞こえる精霊たちの声をも明確に聞き分け、サリが彼らの声からどんな情報を集め、調査の必要のあるものをいかに選り分けていたのかを学ばなければならない。

また、日常生活において魔法の力に頼ることなく生活する術を早急に習得する必要がある。

「なにもできない」自分は、耐え難い。

自身のすべきことが明確になったことで多少ラルフは落ち着きを取り戻したが、これらの課題をこなすためにサリの手を素直に借りることは自尊心の問題からできかねた。

しかし幸いなことに、ここには優秀な精霊使いであり生活能力に長けた存在がもう一人いる。

エトだ。

実際、火の焚き付けや草むしりに部屋の掃除の仕方、薬草の塗り方まで、この数日のうちにもう何度もラルフはエトに助けられており、今更子供に教えを請うなど恥ずべきことだとは思わなかった。

それに、ラルフやサリとの生活に慣れてもらうことでシロガネの解放を促し、その際に自分たちの入れ替わった力を元に戻してもらうのが、当初の目的でもある。

王都を出発した時にはサリにべったりとくっついてラルフとは目を合わせることもしなかったエトだが、この小屋に辿り着くまでの過程で、ほんの少しずつでもラルフに心を許してくれていると感じる。

エトに教えを請う形をとることで、エトがラルフの存在に慣れて、もっとラルフを信頼してくれたらいいとも思った。それは自身の力を早く返して貰うためというよりは、単純に、いつも世界に怯えている子供が、せめてこの場所では肩の力を抜くことを覚えられたらいいのにという気持ちからだった。


これらの意識の切り替えは、ラルフが山で過ごす日々の大きな助けとなった。

そして気づく。

己の見てきた世界が、いかに偏っていたかということに。

精霊使いとは自然界に存在するという精霊たちの声を自由に聞く者だと認識してきた。

魔法使いの子弟が通う学舎でも精霊使いについて学ぶ時間はわずかにあったが、充分ではなかった。

すなわち、遠い昔、姿かたちの見えぬものと言葉を交わす魔物として迫害されてきた歴史を持つ精霊使いは、魔法使いがその能力の有用性に気づき、災厄（やくさい）を事前予知するという役目を与えたことで迫害される立場から解放させたのだと。

そのため、公安局の局員でなくとも、精霊使いよりも魔法使いの立場の方が上だと無意識のうちに認識している者がほとんどである。

同じ公安局の看板を掲（かか）げながら、王都ザイルの大通りに面した位置に他者を圧倒する威容（いよう）で建つ堅牢（けんろう）で美しい造りの公安魔法使いの局舎と、通りの裏手に隠れるように、蔦（つた）に覆（おお）われ何十年も補修と修繕（しゅうぜん）を繰り返しつつ使われている公安精霊使いの局舎に、歴然とした差があるのもこのためだ。

定期的に公安精霊使いたちが公安魔法使いたちに比べて自分たちの待遇には差がありすぎると訴（うった）えを起こすが、公安局の重役はほぼ公安魔法使いたちが務めているため、訴えは怒りと嘲笑（ちょうしょう）をもって都度却下（きゃっか）される。

その辺りをうろついているらしいものの声をただ拾い報告するだけの仕事と、知力体力の限りを尽くして現場で民と国のために尽力する仕事が同等であるはずがない。

大昔であれば魔物と呼ばれていたものが「人」としての立場を与えられた恩を忘れ、我々魔法使いと同等の立場を要求するなど許しがたい、と。

　当然ラルフもそう考えていたし、魔法使いにとって精霊使いはあくまでも危険予測をするための道具に過ぎなかった。仕事のために精度の良い道具を求めるのは当然であったし、精霊使いにおける精度の良さとは、「より多くの精霊の声を聞くことができること」だと教えられていた。

　世界には大きく分けて水・火・土・風の精霊が存在し、一番「耳の良い」精霊使いだけがそのすべての声を聞くことができる。

　今現在精霊使いたちの間で確認されている精霊たちの種類や、精霊使いたちがどういった情報を精霊たちから得るのか、その情報を魔法使いがどう処理していくべきか、過去に魔法使いに嘘の情報を教え大怪我を負わせた精霊使いの事例や、精霊使いの扱い方、そんなことばかりを学んで、ラルフの周囲に存在する魔法使いたちの誰も、実際に精霊の声を聞き、そこから情報を集めるというのがどういうことなのか、まともに考えた者はいなかったように思う。

　そこいら中で自由に喋っている精霊たちの声から必要な情報を拾うことの一体なにがそんなに難しいと言うんだ？

　そんなことを平然と口にして仲間たちと笑っていた過去の自分に今すぐ黙れと言ってやりたい。

先ほどから行けども行けども変わらぬ山中の見知らぬ景色の中で疲れ果て、ラルフはついにその場に座り込んだ。

完全に迷子になったらしい。その事実に憤りで体がわななく。

（あいつらの中に、まともなことを言う奴はいないのか！）

拳を握り締めかろうじて胸中で叫ぶのみに止めたのは、怒りに任せて声をあげればまた精霊たちが喜びからかいに来ることが分かっているからだ。

——ねえ、どうしたの？

——ここをずうっと行けば、サリのところへ帰ることができるよ。

——せっかく教えてあげたのにねえ。

頭上では先ほどからラルフの後をついてくる風の精霊たちが楽しそうに笑う声が響いている。

——だから気をつけなさいって言ったのに。

「うるさい。分かっていたなら最初からそうと教えろ」

——あら、私の言うことなんて全然聞かずに彼らの声に従ったのは誰かしら。

深くため息を吐いて平静を保とうとするラルフに、胸元に提がっているジーナが呆れた口調で呟いた。

「黙れ」

苛々しながら呟けば即座にジーナは沈黙した。この場で、味方と呼べるのは彼女しかいないというのに、ラルフは失敗したと思ったがもう遅い。

辺りを見回しても、延々と木が連なるばかりで右も左も前も後ろも同じ景色に見える。道らしい道はなく、自分がどこからどんな風に歩いてきて、どこにいるのかまるで分からない。

「迷わないために出てきて、結局迷子になるとはな」

ラルフは今日、周辺の地理を把握するためにいつもの生活圏から離れた場所に足を踏み入れていた。腰から提げた帳面に、途中まではきちんと地図を書き記していたのだ。

日常生活圏である小屋の周辺のごく狭い範囲内はラルフひとりで行き来できるようになったが、山中に入る際には必ずサリかエトの案内を必要としていた。サリは当然この山のことならよく知っていたし、エトは精霊たちの助けもあり、ひとり山中に入っていっても必ず小屋まで無事に帰ってくる。

「道にまよっても、サリはどこにいるのって聞いたらみんながおしえてくれるよ」

この山に来て早々に、エトの山菜取りについて行った際、夢中になって摘んでいるうちにふたりして迷ったことがある。

エトを不安に思わせないように自分が毅然とした態度でいなければとラルフが内心の動揺を押し隠している間に、子供はまったく不安のない顔で空を見上げて、風の精霊たちにサリの居場所を尋ねたのだ。

たちまち辺りの木々が風でざわめいたかと思うと、声が無数に降ってくる。

――小さいの、こっちだ、こっち。

――サリは向こうにいる。

――そう、その道を真っすぐに行くんだ。

「ラルフ、行こう」

呆然(ぼうぜん)とするラルフを振り返り、エトはなんの迷いもなく精霊たちの声に従い歩き始めた。

そうして、すぐにラルフたちは自分たちの見知った道に出ることができた。

「精霊は人間の言うことには従わないんじゃなかったのか」

小屋まで帰り着いた後、ありがとうと風の精霊たちに声を掛けているエトを見ながら、ラルフはサリに問うたものだ。

精霊使いは精霊の声を聞くことができるだけで、精霊たちを使役したり従わせることは決してできない。精霊は人に従わない、とはこれまでにサリが何度も何度もラルフに言ってきたことだった。

「従わない」

あっさりと、サリは言った。は？　とラルフが片眉(かたまゆ)をあげると、小さく肩をすくめてみせる。

「だが、こちらの願いを聞き届けてくれることがごく稀(まれ)にある、それだけだ」

「稀？　エトは慣れているようだったが」

山中で迷子になったというのに顔色一つ変えずに辺りを見回したエトを思い出す。

精霊たちに問いかける姿はあまりにも自然で、普段からエトがそうしていると容易に想像がつく。

食い下がるラルフに、サリはあからさまに困った顔をした。

「精霊たちは子供にはやさしいものだから。エトに対してと同じ対応を彼らに期待するなよ。答えてくれる時に嘘はつかないが、からかわれたり遊ばれたりすることの方が多いから用心しないと」

思い返せばサリ自身も、よく精霊たちに問いを投げかけていたような気がする。

わずかに眉間（みけん）に皺（しわ）を寄せ、集中して精霊たちの声を聞いたと思われる後、ラルフに新たな情報を告げることが多かった。

単純に精霊がサリの問いに答えているのだと思っていたし、今日のエトの様子を見れば、サリが言うほど精霊たちがこちらの話を聞かないわけではなさそうだとラルフは思ったのだ。

この山に来てから、サリへの態度があまり良いとは言えなかったラルフは周辺の精霊たちからよくからかわれてはいたが、それがたとえからかいと怒りの応酬（おうしゅう）であっても彼らとの間に会話が成立していると考えたからだ。

その後もエトが精霊たちと言葉を交わす様子を見ていると、ラルフはますます、親しくなれば精霊とも意思疎通（そつう）が自由にできるのではと思うようになった。

「実際お前ともこうして話ができていることを考えれば、精霊たちと意思疎通することがそれほど難しいとは思えない」

――私はあなたのために選ばれた石だもの。そのことを覚えておかなきゃ。私たちのことに関しては、サリの方があなたより圧倒的によく知っているのよ。それに、サリもエトも精霊たちから特別に愛されている。

ジーナはそう言ったが、その時のラルフは話半分ほどにも聞いていなかった。

小屋で生活するうちに精霊たちの声にもかなり慣れ、エトやサリと連れ立って積極的に近隣を歩き、サリがエトに紹介する精霊たちを覚えて、その特徴(とくちょう)や、エトと会話する様子を観察することで、精霊たちにも個性と性格があるということがなんとなく理解できてきた頃だ。

風と水の精霊はともかくお喋りで陽気、悪戯(いたずら)好きで、人にも積極的に絡んでくる。情報を得やすいのはここだ。

土や石の精霊の声は、ジーナを除いて、ラルフはまだほとんど聞くことができていない。恐ろしく寡黙(かもく)で、しかし同じ場所に留まっていることが多いため、その土地にまつわる情報を最も知っていることが多いらしい。低く響く声が多く、土や石の精霊が興奮しているとその振動が伝わるのを感じることもあるという。

ラルフが山の生活で出会うことのできる火は食事などで使う窯(かま)の火だけだが、火の大きさによって精霊の声の印象は大きく変わる。永遠に燃え続けていることがないためか、燃え盛(さか)っているその瞬間だけ勢いがあり、そういう時の声は恐ろしいほどだが、弱火になっていくと眠気を誘うような穏やかな声音を出す。

派手に燃え盛っている時の声の大きさでは他の精霊たちを圧倒し、その特徴的な声から、火災などは比較的早いうちに感知することができるとサリが言っていた。

いつまでもサリやエトに頼って山中を歩くのも情けない。

周辺の地理を覚え、自分一人でも自在に動けるようにならねばと、少しずつ山での行動範囲を広げていた最中の迷子だった。

ただ地理を覚えるだけでなく、これまでにエトから教えて貰った山菜や薬草、果実などを見つけて歩くことも己に課し、休憩していた沢の向こうに、キノコが生えているのを見つけたのがまずかったのかもしれない。香りが良く、炒めて食べるとおいしかったことを思い出して、ラルフは沢を越えて夢中で採った。

ふと顔を上げると、赤い実が遠くの視界に入った。コモモだ。エトが好きな果実。

エトは山菜や木の実を採りに出ると、必ずサリとラルフの好物ばかりを摘んでくるものの、自分の好物については口に出さない。サリやラルフとて特別食べ物の好みを言うようなことはしていないつもりだったが、食事の際にたった一言サリが「これが好きなんだ」と呟いたり、ラルフが「うまい」と口にしたことをよく観察して覚えているのだった。

そうして、特にこちらに誉め言葉をねだるでもなく黙ってそれらを採ってきて、サリやラルフが美味しいと言うとひとり満足そうな顔をしている。

エトに好きなものはなにかと聞いても首を横に振るばかりなのだが、多くの子供の例に漏れず、甘いものを渡せばたちどころに食べてしまうし、ラルフに山の果実の説明をしてくれる時、「あれはあまい」と言いながらうっとりした顔つきになることがある。

決してなにかをねだるようなことのない子供だからこそ、ラルフはなにかエトの好物を見つけたら必ず持って帰ってやりたいと思っていた。

そうしていい土産(みやげ)になると嬉しくなって赤い実をもぎ、その向こうの茂みに薬草が生えているのを見つけて、これまでに帳面に写していたものと照らし合わせたり、他の薬草を見つけて奥へ奥へと進むうちにすっかり帰り道を見失ってしまったのだ。

「サリとエトがどこにいるのか教えてくれ」

ラルフは狼狽(うろた)えることなく、頭上を見上げて問うた。

ざわざわと木々の枝葉が揺れる。

――サリはねえ、あっちにいるよ、あっち。

――うん。小さいのもあっちにいる。

声はすぐに降ってきた。ラルフが意外に思うほどあっさりと。

「こっちか。助かる。礼を言う」

精霊たちには丁寧に接すること、とサリが常々言っていることを思い出して口にすると、風の精霊たちはくすくすとラルフの頭上を飛び回った。

――そんなにあっさり信じて大丈夫？

「お前に帰り道が分かるのか？」

ジーナの疑いの声にそう返したのはラルフだ。石や土など元来その場に留まる性質の精霊は、方角や地理には疎いのだという。

からかうように聞けば、機嫌を損ねたのかジーナはふいと口を閉ざしてしまった。

ラルフ自身、この山で精霊たちからはさんざんからかわれ、遊ばれている自覚があるので、そう簡単に精霊たちが自分に親切にしてくれるはずがないとは思っているが、サリやエトが絡めば話は別だろう。そう考えていたのだが甘かったらしい。

気づけば、自分がよく知る道に出るどころか、歩けば歩くほど山中に深く分け入る羽目に陥っている。

――行かないの？

――どうしたの？　早く行こうよ。

――サリとエトのところに行かないの？

ぐったりと項垂れるラルフの頭上で楽しげに笑う精霊たちの声に苛々とするが、怒鳴り散らしでもすれば更にひどい目に遭うかもしれない。

落ち着くためにも、とエトのために採ったコモモにかぶりついた時だった。

――サリが来た！　サリが来たよ！

――ここにいる！　うるさいのがここにいるよ！

俄(にわ)かに周辺が騒がしくなり、精霊たちがはしゃぐ声が方々から降ってくる。

一斉(いっせい)に喋り始めた彼らの声がなにを言っているのか耳を澄ませて集中し、そこにサリの名を聞き取るなりラルフはその場に立ち上がって大声で叫んだ。

「サリ！　ここだ！」

――ここだここだ！

――ここにいる！

ラルフの声に合わせるように精霊たちの声が重なり、いくらもしないうちに、ラルフの背後から人の気配がした。

振り返るとサリとエトの姿があり、ラルフは体から力が抜けるのを感じた。

「エトが、あんたが遠くに行こうとしていると精霊たちが騒いでいると言うから慌てて来たんだ。どうしてこんな所まで」

「……」

サリの顔が呆(あき)れているように見えて口ごもったラルフの代わりにジーナが答えた。

――エトの真似をして、風の精霊たちに道を尋ねたの。

「ジーナ！」

咎(とが)めるような声を出せば、石の精霊は小さく笑って黙った。今日のラルフの態度への仕返しらしい。

ジーナの声を聞いたエトがサリにそれを伝え、不思議そうな顔をしてラルフを見上げている。風の精霊たちに聞いたのに何故こんな場所で迷っているのかと思ったのかもしれない。ラルフのいる場所まで、エトは精霊たちに案内してもらって来たのだろうか。

「だから用心しなければならないと言っただろう」

「精霊は嘘を吐かないいんじゃなかったのか」

本当に呆れた声を出したサリに、恥ずかしさから八つ当たりのように問えば、

「ああ、嘘は吐かない」

とサリは即答した。目を剝くラルフを軽く手で制して、サリはエトに帰り道へと促した。

「精霊たちはあっちに進めと言ったんだろう」

ラルフを見ながら、先ほどまでラルフが風の精霊たちの声に従い進んでいた方向を正確に指し示す。驚いて頷けば、サリはやはりと言った顔で続けた。

「精霊たちの言う通りに夜通し進めば、明日には小屋の前に出る。嘘は教えていない。山を一周する遠回りの道を教えられただけだ」

「なんだと……?」

「言っただろう。精霊と言葉を交わす時には慎重にならないといけない」

「だが、じゃあ、今回のような時はどう判断するんだ！」

思わず大きな声を出したラルフに、エトが沢を越えるのに手を貸してやりながらサリはなんでもないことのように言った。

「風の精霊との前後の会話から性格を読み取るか、声の調子から気分を読み取るか、言葉遊びや質問を続けて少しでも多く正しい情報を手に入れるかだな。向こうが飽きたらすぐに行ってしまうから、上手に聞く必要がある」

「そんなことが……」

できるか、と言いかけて、目の前のサリがそんなことをずっと行ってきたのだと気づく。

ごくたまにではあったが、サリが精霊の声を読み間違えたからと報告をあげてくることがあった。

その結果、直進できると言われていた山を大きく迂回する羽目になったり、水路で楽に進むはずが陸路を行くことになったり、向かう場所が違ったと突如馬を駆ってまるで別の場所へ向かう羽目になったりもした。

サリが仕事に誠実で、公安魔法使いに嫌がらせをするような質ではないということは分かっているつもりだったが、それでも、最初に告げられた情報を元にたてた計画が大きく崩れるような事態が起きれば、情報を読み間違えたと平然とした顔で報告してくるサリを腹立たしく思ったことは一度や二度ではない。

エトの先導であっさりと小屋まで帰り着いてからも、ラルフはサリとこれまでしてきた仕事について考え続けた。

「ジレからシナンへ向かう時、どうして山中を抜ける道から迂回するよう言ったんだ」

「あの時はシナンで大きな火災が起きて、人手が足りないからとにかく急いで駆けつける必要があっただろう。ジレ周辺の風たちはやたらと人懐こくて、それまでにくれた情報がどれも正確で役に立っていたんだ。彼らは私たちの会話を聞くなり、山中を抜ける道が早いとしきりに教えてくれたのでつい信じてすぐにあんたに報告したんだが、後で通る道についてさらに話を聞いていると、途中から完全に急流下りをする羽目になると気づいたんだ。そこはたまに地元の人が使うらしいが、私たちには無理だろう。それで、慌てて取り消した」

「ファルで雷が落ちた時は？　火事が起きていると最初に民家のある方へ向かったが、その後お前は突然山へ向かえと進路を変えた」

「同時にいくつか雷が落ちて、精霊たちの声が入り乱れていた。一番最初に届いたのが、民家近くの一本杉に雷が落ちたという風の精霊たちの声だった。杉の木の上で火の精霊が喜んでいる声を風の精霊たちがたくさん運んできたから民家に広がるかと焦ったが、その一本杉は畑の真ん中に立っていて辺りへの影響はなさそうだった。風の精霊たちは畑の真ん中で赤々と燃える一本杉の姿が美しいと、私に知らせに来ただけだった。彼らの好みだったんだ。その時、山の裏の一本杉にも雷が落ちていて火がついたところだった。そちらは風の精霊たちの興味が薄くて、私のところへ火の精霊たちの声が届くのが遅れたんだ。そのことに途中で気がついたから、あんたに山の裏へ向かってくれと頼んだ。民家の方へも様子見に人はやってもらったはずだ」

あんたよくそんな昔のことを覚えているなと言いながら、サリは淡々と記憶を辿り答えた。サリは当時、ラルフにはそんな詳細（しょうさい）な説明をしなかったし、ラルフもまたサリに理由を求めなかった。

たとえ当時のラルフがその理由を説明されたところで、サリが言っていることの半分も理解できず、ただの言い訳だと余計に怒るだけだったはずだ。

だが今、精霊たちの声を日々聞いていれば、ただサリの言っていることが事実であったのだろうということがはっきりと分かる。

「私も子供の頃はよくからかわれた。湖の底に綺麗な石があるから採りに来いと言われて滝壺でおぼれかけたり、手が染まる珍しい草があると言われて採りに行ったら毒草で手が真っ赤に腫（は）れてかぶれたり、この山だけでなく隣の隣の山まで導かれて迷子になったこともある。楽しい気分になるキノコだと教えられて採って帰ったら、幻覚を見せる類（たぐい）のものだったらしくてオルシュにひどく怒られたこともあった」

山で迷子になったラルフがまたひどく自尊心を傷つけられたと思ったのか、サリが珍しく自身の話をし始めたが、聞けば聞くほどラルフは唖然（あぜん）とするばかりだ。

「お前、よくそんな目に遭（あ）っても精霊の声を信じ続ける気になったな」

思わず言えば、サリはきょとんとした顔をする。

「だって彼らは嘘を吐いているわけじゃないし、私を傷つけようとしたわけでもないからな。彼らの常識で話をして、結果として私が苦しい思いをしたとしても、彼らが私を楽しませようとしてくれたと分かることもたくさんあった。あんたは今日精霊たちに騙(だま)されたと思ったかもしれないが、もしかしたら彼らはラルフと遊びたかったのかもしれない。私やエトはあんたのように強く精霊たちに反応を返すことがないから、新鮮で楽しいんだろう」

「いいや、あいつらは俺を嫌っている」

断言したラルフを、そうだろうか、とサリは不思議そうに見ている。自分ばかりが苛々している気がする。

「お前は、あいつらに腹が立ったりしたことはないのか」

ラルフの言葉に、サリがひとつ瞬(また)いた。

「どうして。精霊たちは精霊たちの世界を生きていて、それが時折私たちの世界と交わるだけだ。彼らは私たちのために存在しているわけじゃない。私たちが勝手に彼らの声を聞いて力を借りているだけなのだから、腹を立てるのは筋違いというものだろう」

「……」

その時初めて、ラルフは魔法使いと精霊使いが認識している世界に違いがあることを理解した。

魔法使いは精霊というものをこの世界の枠組みに属するものとして認識し、精霊使いが声を聞くという姿かたちの見えぬ存在について、使役できる動物のようなものとして捉えているのだ。

精霊使いという名前からも、あくまでも人が上位で、彼らが精霊を使役する印象を受ける。だが精霊使いたちは精霊たちの属する世界を、自分たちの世界とは異なるものとして認識し、受け入れている。

精霊たちの声が鮮明に聞こえるようになった今、サリの言葉の意味がやっとラルフにも理解できた。

あれは人の下位に属するようなものではない。

そのことを精霊使いたちはずっと知っていたのに、魔法使いたちは認識できていなかった。

精霊使いがなにを考えているのか理解できないと思っていたし、理解する必要もないと思っていたが、そもそも見ている世界がまるで違ったのだ。

自分の知っている世界の形が実はまったく違ったものだったのではないかと心臓の辺りがひやりとする気持ちにさせられたのは、ぽつりぽつりと話すようになったエトの過去を段々と知っていった時も同様だった。

精霊使いが魔物と呼ばれて迫害されていたのは昔話だと信じていたラルフに、エトの存在はひたすら信じ難いものだった。

昔話として聞く迫害の様子と違って、子供自身の口から聞く生々しい迫害の様子は耐え難いものがある。

実の親の記憶はなく、物心ついた時には様々な家を転々としてきたこと。

空に向かって話をする「頭のおかしい子供」として、多数の家に売られ、ありとあらゆる下働きをさせられ、まともな場所で寝起きすることは許されず、食事を満足に与えられることもなかったこと。

精霊たちと話をしているところを見咎められれば殴られ、蹴られ、気味が悪いとまた次の家へ売られていったこと。

「あたしは頭がおかしいからやすくかえたって、さいしょはみんなよろこぶ」

自分の身に起きたことを淡々と口にするエトは、自分がどれほど恐ろしく悲しいことを言っているのかさえ分かっていない。

初めてそれを聞いた時、ラルフは怒りのあまり目に涙がこみ上げてきそうになり、二度とそんなことを言うなとエトに告げるのが精いっぱいだった。

エトがわずかに怯えた顔をして何度も頷くのを見て、怒ったわけじゃないと伝えるのも堪らなかった。

この子供は、禁止事項を言い渡されると次になにか恐ろしいことが起きると信じている。

そんな子供がこの国に存在するということが今の世にあるはずがない、あっていいはずがないと憤っても、実際に恐ろしい扱いを受け続けてきた子供がラルフの目の前に存在し、サリはエトの話を聞いて痛ましい顔をすれど、ラルフのように信じられないと怒りを露わにすることはない。

そんなサリの態度に不信感を覚えていたら、サリもまた、エト同様に迫害を受けて育ってきたことを知った。

サリがエトの境遇に怒りや同情を見せないのは、サリが他者に冷たいせいではなく、誰よりもエトの境遇を理解していたためだった。

そういうことがこの世の中には存在して、怒りも同情も本人の救いにはならないということ。

「あんたは大事にされて育ってきたんだな」

ここに来たばかりの頃、サリに言われて苛立ったことがある。

幼いエトに容赦なく仕事を割り振るサリに怒りを覚えていたラルフは、自身の仕事を覚えるためもあったが、なるべくエトの仕事を手伝うようにしていた。サリときたら、一度仕事を割り振った後はまるきりエトのことを放置しているのだ。

エトは放っておけば一日中働くような子供だ。声を掛け、適切に休憩を取らせ、過度な重労働は代わってやるように注意していた。

そんなラルフを見てサリがしみじみと言ったのだ。

あれは確か、肉の塊を盛大に焦がした時だったと思う。

なにもできないと馬鹿にされたのかとかっとなったが、振り返った先でサリは至極真面目な顔をしていたから気が削がれた。

「あんたが子供であるエトにやさしいのは、あんた自身が子供時代にやさしく大事にされてきたからだろう。私にはあんたの言動は理解できないが、エトは嬉しそうに見える。だからエトにはあんたのような人が必要なんだと思う」

言葉を返し損ねたのは、サリが本気でそう言っていることが感じられたからだ。

サリが何故そんなことを言うのかと違和感を覚えたのは一瞬だったが、後から考えれば、サリもまたエトと同様に「大事にされなかった」幼少期を過ごしてきたということだったのだ。

二年も共に仕事をして、サリの過去を知ったのは初めてのことだった。

「化け物」と呼ばれて育ち、今も未だサリが災いを引き起こす存在だと信じ、悪意と憎悪を隠しもせずぶつけてくる人々がいる。

とても身近に、ラルフの想像もしなかった世界で生きてきた人間がいたこと。これまでそれに気づきもせず、また気づこうともせずにいたこと。

王都で代々公安魔法使いを輩出する家系を継ぐ者として生まれ、何不自由なく育ってきた。

ラルフの周囲にいる人間も似たような育ちの者ばかりで、出会ってきた精霊使いも王都や大きな都市で育ったという公安精霊使いたちばかりだった。迫害されたことのある者はなく、精霊使いである彼ら自身が、それは過去のものだと口にしているのを聞いたこともある。その時代に生まれなくてよかったと。

サリやエトのような存在をこれまでに見たことがなかったから、ラルフの世界に迫害される可哀そうな精霊使いは存在しなかった。

精霊たちの存在を本当に理解しようとしたことがなかったから、彼らの世界がラルフの世界とはまったく別の場所にあることを理解できていなかった。

この国に魔法使いとして生まれてきたことで、見えず、知らず、理解できないまま過ごしてきたことがどれほどあるのだろう。

ラルフがこの世界のすべてと思い守ってきた場所が、ごくごく限られたところであったと知るのは恐ろしいことだった。

公安魔法使いとしてこの国と人々を可能な限り守ってきたつもりだったが、そんな自分を、これまでサリはどんな気持ちで見つめていたのだろう。

これまで一度だってラルフは、自身の仕事に疑問を抱いたことはなかった。

だが公安魔法使いとなった後、なるべく早く、多くの実績を積むことで、最も重要とされる王都守護の任に就くことを目標としてきた。

こなしてきた仕事ひとつひとつについて後悔することはないが、実績として高く評価される仕事を望んでいたことは確かだ。つまり、大きな災厄を事前に止めること。一度起きた災害の被害を最小限に止めることである。

サリには、どんなに些細でも疑問を抱いたら報告するよう告げていたが、すべてをラルフが処理することは不可能だ。ごく個人的で大きな災厄を生みそうにないと判断した内容に関しては部下に仕事を振ったり、調査の優先度を下げたり、相談そのものを調査に値せずと却下してきた。

その中に、もしかしたらサリやエトのような存在に関することがあったかもしれない。ラルフの無知により、「調査に値せず」として存在しないことにされた依頼があったのかもしれない。

それに精霊たちの声から情報を正確に読み取ることの困難さを知れば、大きな災厄を事前に防いだことも、災害の被害を最小限に止めたことも、サリの的確な報告と指示が大前提で、ラルフだけの功績ではありえない。

かつての老魔法使いの教えから自らを「美しい魔法の使い手」だと自負していたラルフだが、そんな気持ちは欠片もなくなっていた。

魔法を失って暮らす日々の中で、自分の信じてきた世界の輪郭が見えなくなったその頃、サリがラルフに言った。

「もう一度私に魔法の使い方を教えてくれないか」

3

サリが魔法の力に対して畏敬の念も興味も持っていないことは、以前から感じていた。

どれほど技術力を要する魔法を見せても、派手な魔法を見せても、目を見開くことさえしない。

田舎から出てきて初めて組んだ魔法使いがラルフだったために、ラルフの魔法の力がどれほど凄いものなのか理解できていないのかと思えば、そうでもないらしい。

効率を重視して自然物を除去したりすると途端に目を剝いて、ラルフならば他のやり方ができたはずだと抗議してくるのを見ると、ラルフが他の魔法使いに比べても能力が高いことを知っているのだ。

濁流を堰き止め、山から転がってくる岩を粉砕し、池の水を持ち上げて山火事を防いで、同僚である魔法使いたちや精霊使いたちが思わず感嘆の声をあげるような場面でも平然としている。

自身の魔法の力に絶対の自信を持っているラルフからすれば仮にも仕事上のパートナーであ

るサリのそんな態度は当然面白くないが、人よりも精霊に近いと言われているサリが相手だと思えば、常人とは感覚が違うのだろうと自分を納得させていた。

だが、サリはどうやら本気で魔法そのものに興味がなかったらしい。

互いの力が入れ替わってから、ラルフは精霊の声を声として認識できるようになるまでに多少時間はかかったが、ある時コツを摑んでからは認識できる声がどんどん増えている。

ラルフ自身、こんなにも世界に声が溢れていたことを初めて知り、驚きと興味でいっぱいになった。

一方サリは、本人や周囲が危機的状況に陥ったその瞬間だけ、一時的に魔法の力を使いはしたが、それ以外の場面ではいつまで経ってもまったく使うことができずにいた。

魔法の力は本人も確かに感じているようなのに、それを表に出すことができない。

魔法は使い手の意思と感情に大きく反応する。

つまり、サリは魔法を使いたいと心底思っていないということだ。

そして、追っ手から逃れて無事に小屋に辿り着いてからは、魔法のことなどすっかり忘れてしまっていたようなのに、山裾の村人たちがこちらの存在に気がついたことを知って、再び魔法の力の必要性を感じたらしい。

自分のためではなく、エトの穏やかな生活を守るために。

サリには言わなかったが、もしこのまま互いの力が戻らなかった時のことを考えるならば、当然サリもラルフの力を使えるようになっておいた方がいいだろう。

互いが互いの力を遜色なく使うことができれば、このままパートナーとして公安局に戻る道もある。

力が入れ替わったばかりの頃、サリがラルフの力を使いたいと言った時には俺の力をお前が使えるものかと憤ったものだが、今度は真剣に教えようとラルフは思っていた。

だが相手はサリだ。

この国の人間ならば、誰しも多少は魔法に興味と憧れを持っているものだとラルフは考えていたが、魔法の使い方について教えれば教えるほど、サリがまったく魔法に興味を持っていないことを改めて思い知らされる。

「夜道で灯りがつけば安心するだろう」

「大抵は月明かりを頼りにすればいいし、そもそも私は夜目がきく方だからな」

「雨の日でも火をつけることができる」

「確かにそれは便利そうだが、多少苦労するが、雨の日でも火はつけられるぞ」

「沢からの水汲みも薪割りも魔法を使えば一瞬で終わる」

「うん。そうだなあ。だが水汲みも薪割りも慣れればそう大変な仕事でもないぞ。ラルフもすぐにできるようになったじゃないか。やっぱり男の方が力が強いのはいいな。あんたの薪割りを見ていると、私より随分簡単そうに薪が割れる。それに水桶いっぱいに水を汲めるから、私よりも沢へと往復する回数が少ない。羨ましいと思う」

「俺が言っているのはそういうことじゃない！」

サリが興味を持ちそうなことを片っ端から提案してみても、何故自分でできることにわざわざ魔法を使わなければならない、と納得のいかない顔をしている。

本当に信じられない女だと思うが、これがサリという人間だと分かっている自分もいる。

この世の中には、心底魔法に興味がない人間もいるということだ。

だが、サリ本人が魔法の力を扱えるようになりたいと言っている以上、なんとかサリに魔法を使ってみたいと思わせなければならない。

夜道に灯りをともすようなごく簡単な魔法の練習をさんざんした後、それでもうまく魔法の力を発揮することのできないサリに、サリ本人が使ってみたい魔法はないのかと問うた。

ラルフが考えた「人が通常使いたがる魔法」でも、エトを守るための魔法でもなく、サリ自身が単純に自分のために使ってみたい魔法。

エトと同様、サリも随分欲求の薄い人間だと分かってきていた。

サリと同じ年頃の女性に魔法の力を使えるならばどんなことをしたいかと問えば、もう少し背を高くしたい、痩せたい、肌の色を白くしたい、美しい顔になりたい、流行の服を着てみたい、好きなお菓子をたくさん食べてみたい、髪を艶やかにしたい、素敵な人に振り向いて欲しい、庭の花が一年中咲くようにしたい、と次々に答えが返ってくるだろう。

サリからそんな答えが返ってくるとは少しも思わなかったから、サリが魔法の力を使ってでも得たい望みはなんなのかと興味もあった。

結果、サリは、自身の石の精霊の声を聞くことを望んだ。

魔法の力で、己の記憶にある石の精霊の声を再現し、その声にぼろぼろと涙を流しながら何度も何度も聞き入った。

サリが望んでいるのは、ただ精霊の声を聞く力だけなのだとラルフは思い知らされた。

己の力が戻らなかった時のことなど、きっと考えていない。

だがその一件を皮切りに、サリは魔法の力を使うことができるようになった。

自身の感情を魔法の力に乗せるということが理屈抜きでやっと分かったらしい。

魔法ってすごいんだな、と出会ってから初めて、本当に嬉しそうに言われて複雑な気持ちになった。

それでも、サリはやはり日常生活を便利に過ごすために魔法を使うことはなかった。

サリが魔法を使うのは、以前のラルフからすれば本当に無意味で、他愛(たわい)のないことにのみだ。

エトを楽しませてやりたいと、これまでに自分が見てきて綺麗だった景色や、不思議な色をした花、美しい魚、動物、奇妙な形をした様々な建物、各都市でのお祭りの様子などを毎日、再現してみせる。

夢中になると意外と己の限界を顧(かえり)みない質(たち)で、度々ラルフが今日はそこまでと区切りをつけなければならない。

魔法を使うことにハマったのではないかと聞いてみれば、真面目な顔をして、そうかもしれないと言った。

「私はあんたと違って喋ることがうまくない。エトを楽しませてやることがこれまでできずにいて、残念に思っていたんだ。でも、魔法で綺麗なものをたくさん見せてやると、エトが笑うだろう？　私にもエトを楽しませることができると思うと嬉しいんだ。ラルフ、魔法って凄いな」

エトの様子を思い出しているのか、サリの表情も柔らかなものになる。心の底からサリが喜んでいることが伝わって来て、不意にラルフは、老魔法使いに投げかけられた問いを思い出した。


――美しい魔法とはどういうものだと思いますか？


エトは、サリが魔法を使っても怖がる素振りを一切見せない。

まだサリと互いの力が入れ替わったばかりの頃は、魔法の力を失ったラルフが何気なく右手を掲げると緊張で体を固くしていたのに。

サリの手から光が溢れるのを興味深そうに、面白そうに、目を輝かせて見つめている。

頬が興奮で赤くなる様子に、エトも他の子と変わりない、普通の子供なのだということが分かる。

サリが魔法で空間に様々な景色を描くようになって数日、エトは、

「昨日見せてくれた海がもう一度見たい。大きな魚も」

とねだることさえするようになった。

もちろんサリはその願いを即座に叶えてやったし、エトはやっぱり目をきらきらとさせて、自分の目の前に描かれる海を隅から隅まで見つめて、知らないものについて質問したり、感心したり、言葉にならない歓声をあげ続けた。

こんな魔法は祭りなどで余興に使われたりするような簡単なもので、魔法使いの中でも力の弱い下級の役人らが行うものだ。

上席から依頼されれば貴族のために似たような真似をすることもあったが、どれほど素晴らしいと褒められようと、心底くだらない仕事だと思っていた。

だが、己が魔法の力を失い、今後ももしかしたらこのまま生きていくのかもしれないと思う心で久しぶりに目の当たりにする魔法は、どれもが美しく感じられた。

魔法を使っているサリも、それを見ているエトも、サリが面白いことをしていると周囲を取り巻いている精霊たちも、誰もが笑って喜びの中にいるからかもしれない。

ラルフは自分がこれまでどんな魔法を使ってきたのかよく分からなくなっていた。

ただ、サリの魔法がエトを笑顔にするためだけに使われていることは分かった。サリの記憶から繰り出される様々な風景は、どれも鮮やかで、時に生気に満ち、時に静けさに溢れ、しかし使い手の心が反映されるためか、どれも己を強烈に主張することはなく、あるがままの姿がやさしい視点で描かれているばかり。

見ているラルフの気持ちまでいつの間にか穏やかになるような、そんな魔法をサリは使う。

これが、美しい魔法というものなのだろう。ラルフの力だというのに、ラルフの使ってきた魔法とはまるで違う色。

サリならば、あの問いにどう答えるのだろう。

「美しい魔法とはどういうものだと思う」

「唐突だな。質問の意味が分からない」

サリは正直に怪訝(けげん)な顔をしてみせた。

苦笑して、ラルフはかつて自分の教師であった老魔法使いの言葉を説明する。

「恩師の考える美しい魔法とは、心ある魔法だと言っていた。美しい魔法は他者の心に届き、その先にある人々を笑顔にすると。自分の守りたいものを守るために美しい魔法を追求しろと言っていた。そんな言葉は今までずっと忘れていたんだが、今ふと思い出した。魔法を使えるようになったお前が、どう答えるのか興味がわいただけだ」

こちらが真剣な問いかけをする時、サリは敏感にそれを感じ取って強くこちらの目を見てくる。

こちらの内面を見透かすようなサリの目が苦手で、ラルフは思わず視線を逸らしかけた。が、

「それなら、あんたの魔法のことだろう」

ぽつりと呟いたサリの言葉に、ラルフは目を瞠った。

「は？」

「美しい魔法という言葉の意味はよく分からないが、心ある魔法というならラルフの魔法はいつもそうだろう。個人的にあんたの魔法の使い方はそんなに好きじゃないが、私はあんたが公安魔法使いとして人や国を守るために最大限に力を尽くすのを疑ったことは一度もない。お陰で守られた場所や人をどれだけ見てきたと思っている。あんたはちょっと自信過剰だとは思うが、それに見合うだけの力と技を持ち、常に技術向上のために努力しているのは確かだからな。だからその教師の言い方に倣うなら、『美しい魔法』はラルフの使う魔法のことだと私は思う」

まあ、私はあんた以外の魔法使いの魔法をあまりよく知らないんだが、とサリは付け加えたがラルフの耳にはほとんど入っていなかった。

エトに呼ばれてその場から立ち去ったサリの背中を見送った後、ラルフはふらふらと沢まで下りて、力が抜けるようにその場に座り込んだ。

まさか、サリにあんなことを言われるとは思ってもみなかった。

魔法の力を失い、自分の信じてきた世界も、自分自身も、曖昧であやふやなものになり、こ

れまで持っていた確かな自信というものをなくしていた。

サリがただエトのために扱う魔法を見て、自分とはまるで違うとどこかで羨むような気持ちを持っていたのに。

だが今、サリはなんと言った？

なんの躊躇いもなく、サリはラルフの魔法を「美しい魔法」だと断言した。

サリは人におもねったり相手の欲しい言葉を推測して口にするような真似はできない。心にあることを、精霊たちのように偽りなく告げる。

それを知っているからこそ、サリの言葉はラルフの心に真っすぐ届いた。

ここに来てから揺らいでいたラルフの世界の輪郭が、再びくっきりと見え始めたような気がする。

「ジーナ」

俯いた先に胸元の水色の石が目に入り、ラルフはそれを握り締める。

——なに。

「俺の力を、使いたい」

魔法を、使いたい。自分の力を取り戻したい。

口にすれば、狂おしいほどにその思いが溢れて、ラルフは込み上げてくるものを必死で堪えた。

——……そうね。

石の精霊の静かな声がいっそう、胸に沁(し)みる。

手を開けば、転がる水色の石の下に、いくつものマメやごわついた皮の不格好な手のひらが見える。

慣れない水汲みや薪割りで破れた皮が、再生した痕(あと)だ。

この手で、魔法を使いたい。

エトも、サリも、精霊たちも、ラルフの繰り出す魔法で笑って欲しい。

そうしていつか、今度こそ本当に美しい魔法の使い手になりたいと、ラルフは心の底から思った。

あとがき

河上朔

こんにちは。

この度は、「声を聞かせて」第2巻を手に取って頂きありがとうございます。

1巻ではひたすら仲の悪かったサリとラルフですが、少しずつ関係が変わってきた第2巻です。楽しんで頂けましたでしょうか。

生活を共にするということは、互いにこれまでに知らなかった面が見えるということだと思います。

とは言え、本篇を読み直していてラルフには大きな心境の変化が見られる一方、サリの内面はこれまでとほとんど変わっておらず、他人の感情の機微に疎く無頓着なお陰で、サリから見るラルフから彼の激しい葛藤を見て取ることは不可能に近いと笑ってしまいました。

そんなわけで今回の巻末番外は、彼にとってはもはや異世界に近い山奥で自給自足生活を送ることになったラルフが主人公となりました。都会育ちの彼が、慣れない環境で本当によく頑張ってくれたなと書きながら改めて思いました。

同じく慣れない環境に放り込まれたエトは、ラルフとは逆の衝撃を受けて過ごす日々でしたが、彼女が心の底から笑って過ごせる日々がくるよう、三人それぞれにもう少し頑張ってもらいたいと思います。

さて、このあとがきを書いている現在は2020年12月。

奇妙な、とても奇妙な一年が終わろうとしています。

この一年を、皆さんはどのように過ごされましたか？

私は部屋の模様替えを二度ほど行い、人を駄目にするクッションやソファ脇にサイドテーブルを購入。部屋の隅に設置していたテレビをソファ真正面にくるよう設置し直し、ストリーミングサービスに登録して、巣ごもりするに快適な部屋を一年かけて作りました。

もともとインドアで遊ぶことが得意だったのが幸いしましたが、それでも自粛（じしゅく）生活が半年を越える頃には、家族や友人に対面でもっと頻繁（ひんぱん）に会いたいと思ったり、気兼ねなくどこかへ遊びに出たいと強く思うようになりました。

これまで当たり前だったことが当たり前ではなくなり、否応（いやおう）なく自身を顧（かえり）みる時間の増えたこの一年を懐かしく振り返ることができる日が、近いうちにくることを願っています。

皆さんもどうかご自愛ください。

束（つか）の間でも拙著（せっちょ）が気分転換のお手伝いになれば幸いです。

次回、最終巻でまたお会いできますように。

2020年12月

【初出一覧】
精霊使いサリの喪失：小説Wings '19年夏号（No.104）
魔法使いラルフの決意：小説Wings '19年秋号（No.105）
美しい魔法：書き下ろし

この本を読んでのご意見、ご感想などをお寄せください。
河上 朔先生・ハルカゼ先生へのはげましのおたよりもお待ちしております。
〒113-0024 東京都文京区西片2-19-18 新書館
[ご意見・ご感想] 小説Wings編集部「声を聞かせて② 魔法使いラルフの決意」係
[はげましのおたより] 小説Wings編集部気付○○先生

声を聞かせて②
魔法使いラルフの決意

著者：河上 朔 ©Saku KAWAKAMI
初版発行：2021年1月25日発行

発行所：株式会社 新書館
[編集] 〒113-0024 東京都文京区西片2-19-18 電話 03-3811-2631
[営業] 〒174-0043 東京都板橋区坂下1-22-14 電話 03-5970-3840
[URL] https://www.shinshokan.co.jp/

印刷・製本：加藤文明社

無断転載・複製・アップロード・上映・上演・放送・商品化を禁じます。
定価はカバーに表示してあります。乱丁・落丁本は購入書店名を明記の上、小社営業部宛にお送りください。送料小社負担にて、お取替えいたします。ただし、古書店で購入したものについてはお取替えに応じかねます。
ISBN978-4-403-54226-8 Printed in Japan
この作品はフィクションです。実在の人物・団体・事件などとはいっさい関係ありません。